ようこそ「心霊スポット」へ。
ほら、きみにも聞こえるだろう？　あいつの笑う声が。
地獄の底からひびいてくるような、あの笑い声が……。
あの声はね、きみの未来をのぞいて笑っている、
楽しそうな声なのさ。
えっ、どんな未来かって？　フッフッフ、
それは聞かないほうがいいと思うよ。
ところで「Wの笑う声」の「W」って、いったい何だろう。
わら人形のW？　それともワナのWかな……。
ヒッヒッヒ、それではそろそろ行こうかね。
耳をふさぎたくなるような笑い声のひびく心霊スポットへ。

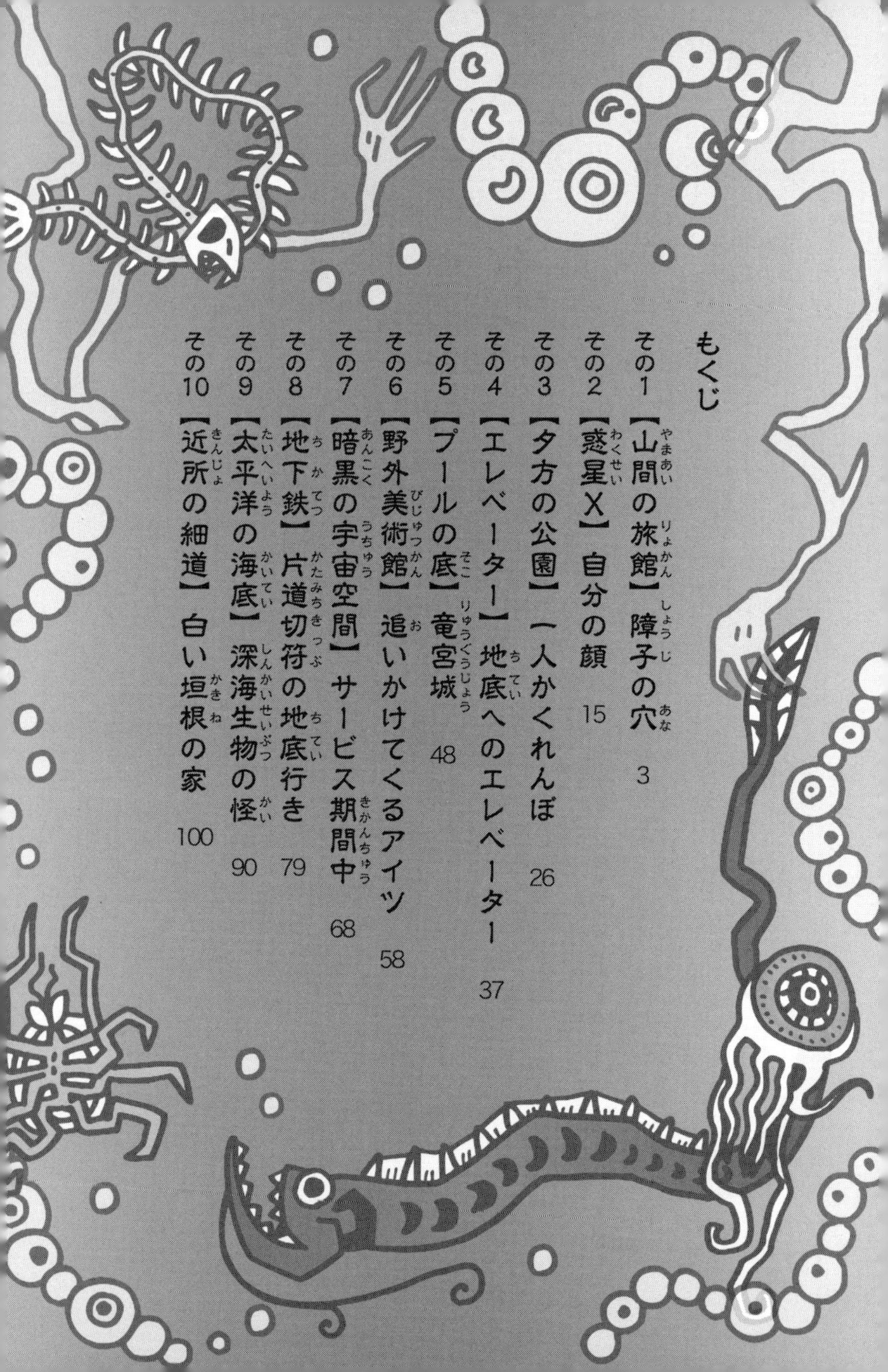

もくじ

◆心霊スポット　その1　【山間の旅館】

障子の穴

今年も夏休みがやって来た。

「浩介、早くしたくしなさい。おとうさんはもう車の中よ」

ぼくの家は、埼玉県のさいたま市にある。今日はここから、長野県のスキー場へ行くんだ。どうして夏にスキー場？　そのスキー場は、夏になると一面のユリ園に変わる。花の好きなおかあさんのためにそこへ行くのは、おととしから始まったわが家の行事だ。もっともぼくのお目当

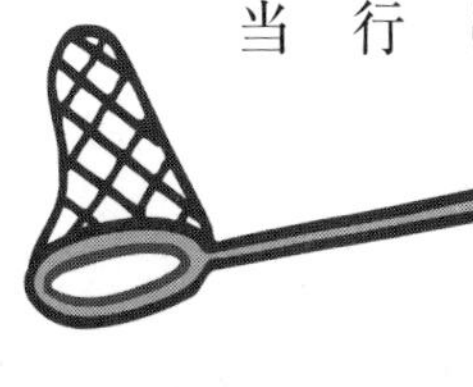

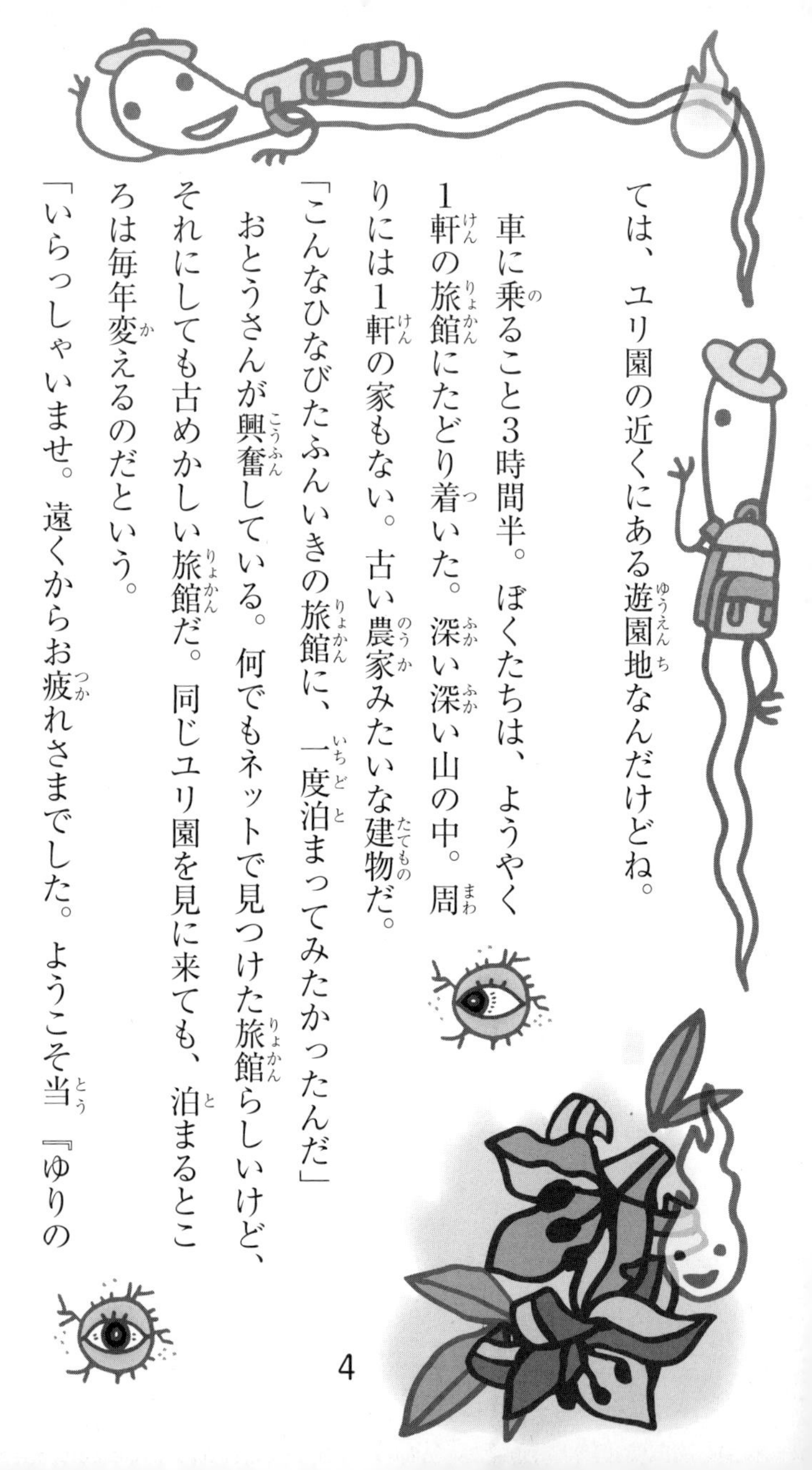

ては、ユリ園の近くにある遊園地なんだけどね。

車に乗ること3時間半。ぼくたちは、ようやく1軒の旅館にたどり着いた。深い深い山の中。周りには1軒の家もない。古い農家みたいな建物だ。

「こんなひなびたふんいきの旅館に、一度泊まってみたかったんだ」

おとうさんが興奮している。何でもネットで見つけた旅館らしいけど、それにしても古めかしい旅館だ。同じユリ園を見に来ても、泊まるところは毎年変えるのだという。

「いらっしゃいませ。遠くからお疲れさまでした。ようこそ当『ゆりの

宿

館』へ」

　おかあさんより少し年上な感じの女の人だ。おかあさんがあいさつをする。

「お世話になります。ユリのいい香りが漂っていますね」

「この季節、庭にもユリが咲いていますから。お部屋からも眺めることができますよ」

　そう言って、ぼくたちを部屋に案内した。

「まあ、すてき。こんなお部屋に泊まれるなんて」

　おかあさんが歓声を上げた。窓を開けると、そこは一面のユリだった。

「はい。このお部屋は、ユリが大好きだとおっしゃるお客様だけをお泊

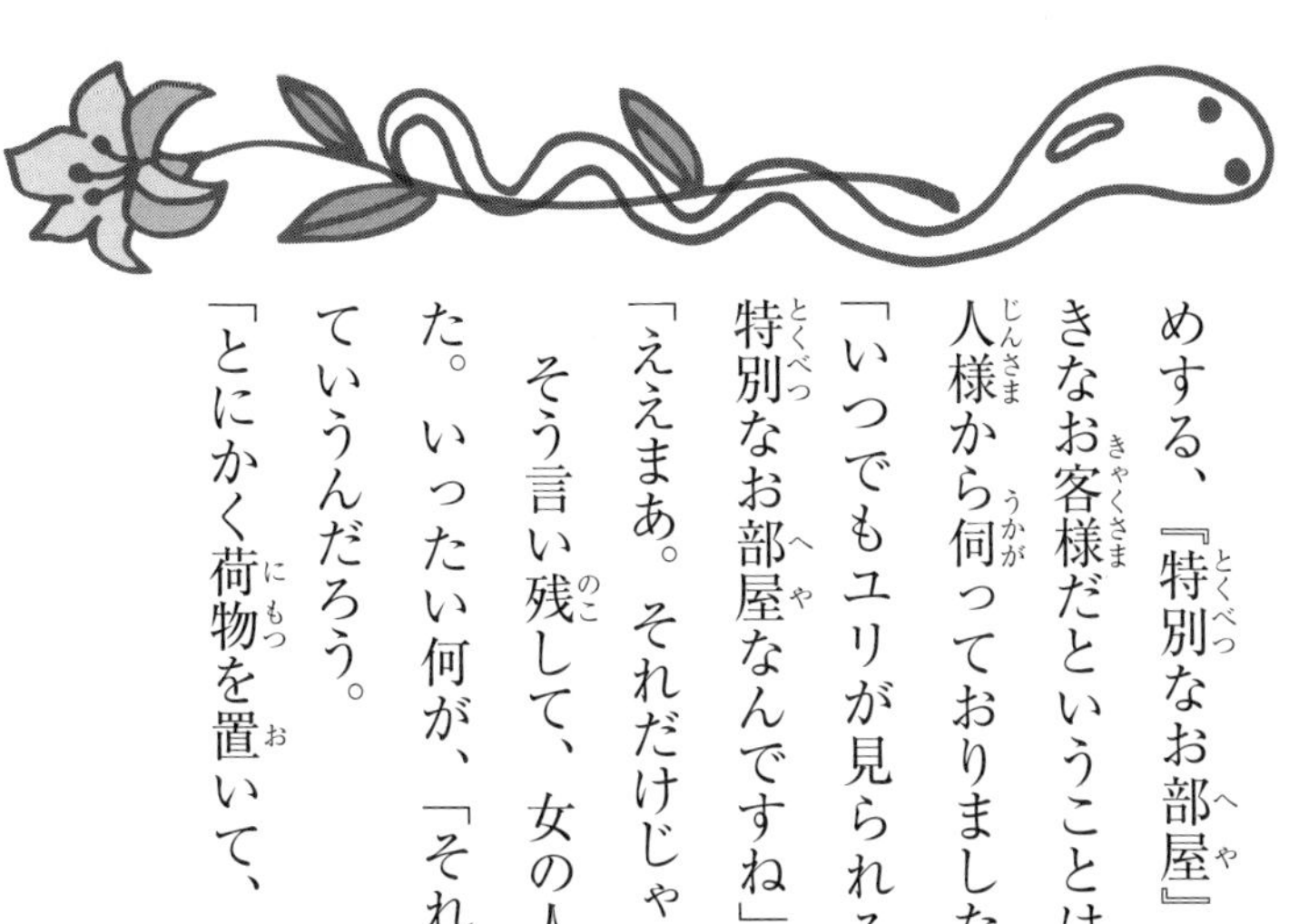

めする、『特別なお部屋』なんです。ユリ好きなお客様だということは、予約の時にご主人様から伺っておりましたので」

「いつでもユリが見られる、ということで、特別なお部屋なんですね」

「ええまあ。それだけじゃないんですけどね」

そう言い残して、女の人は部屋を出て行った。いったい何が、「それだけじゃない」っていうんだろう。

「とにかく荷物を置いて、お茶でも飲もうや」

おとうさんの言葉で、ぼくたちはざぶとんに腰を下ろした。ひと休みして、家の周りを散歩する。ここにはユリだけじゃなく、小さな滝があったり、遠くに山が見えたり。本当に大自然のまっただ中だ。風も涼しい。おとうさんにしちゃ、なかなかいい旅館を予約したじゃないか。ちょっと古すぎる気もするけど、そこがまたいいんだろうな。

夕飯は、7時から始まった。

「うーん、どれもおいしいわ。山菜のてんぷらも、鮎の塩焼きも、この煮物も」

おかあさんは、うちでは見られないような満面の笑顔だ。たしかにおいしいけど、ぼくは煮物より、お刺身やフライのほうにはしが伸びる。

おなかいっぱい食べたら、お風呂に入って寝るしたくだ。この旅館には、何とテレビがない。自然をたっぷりと楽しんでもらうためだそうだ。ぼくたちは、久しぶりに三人そろって寝る。おとうさんはお酒を飲んだせいか、すぐにいびきをかいて寝ちゃったし、おかあさんも疲れたのか、じきに寝てしまった。ぼくは、車の中でたっぷり寝てしまったので、なかなか寝つけないでいた。月明かりが、障子に木の枝のシルエットを、くっきりと描いている。

（うーん、眠(ねむ)くならないなぁ）

1時間、2時間と時がたっていく。ぼくはしかたなく、ぼんやりと障子(しょうじ)に映(うつ)るシルエットを見ていた。と、その時だ。

〝プスッ、プスリ〟と、妙(みょう)な音がした。

（な、何だ？　いったい、何の音だ？）

〝プスリ、プスッ〟……。

その音は、障子(しょうじ)のほうから聞こえてくる。月明かりにじっと目を凝(こ)らしていると、見えたんだ。障子(しょうじ)のあちこちに、プ

スリとかすかな音を立てて、小さな穴があいていくのを。けれど障子の向こうには、木の枝のシルエット以外に何も映っていない。ぼくは、ゴクリとつばを飲みこんで、その様子を見続けていた。いや、見たくなくても、目が障子から離れないんだ。

「ねえ、おとうさん、おかあさん、起きてよ。起きてってば！」

そう言って二人の体をゆすっても、起きてくれる気配はない。ぼくの目は、相変わらずどんどん増えていく障子の穴から離れない。その時、ぼくは見たんだ。障子の穴の向こうに、だれかの目がキラッと光っているのを。悲鳴を上げようとしたけど、声が出ない。そして、ゆっくりと音もなく、障子が横に開いていく。

（だれだ、だれなんだ！）

月明かりを背にした黒い影は、まぎれもなく人の形をしていた。まばたきすらできないぼくに向かって、黒い影から声がもれた。

【ユリはお好き？】

子どもの声だ。

「だれ？　だれかそこにいるの？」

自然に声が震えてしまう。

【うん、ぼくたち、ユリの精なんだ。ごめんね、だまってのぞいたりして】

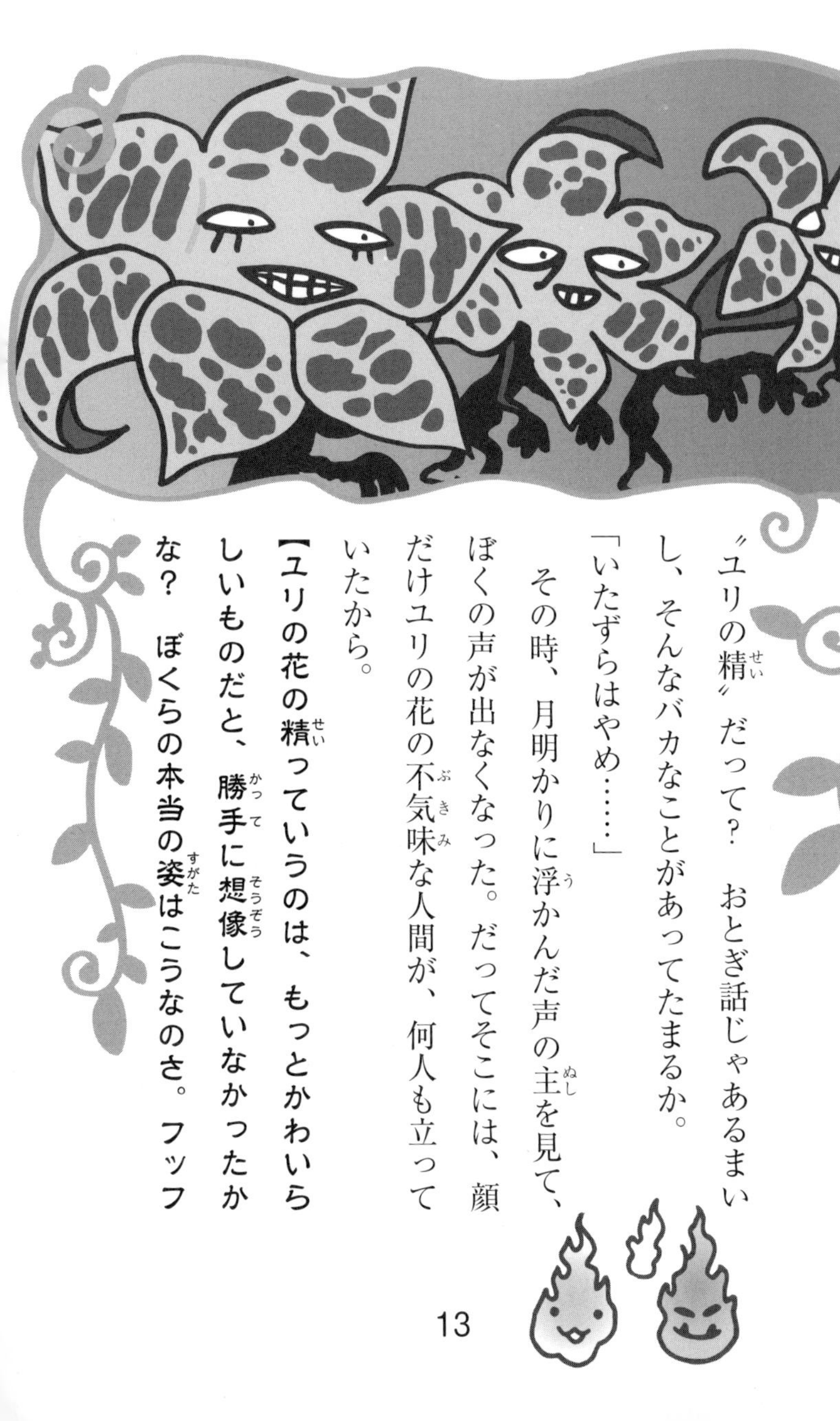

〝ユリの精〟だって？　おとぎ話じゃあるまいし、そんなバカなことがあってたまるか。

「いたずらはやめ……」

その時、月明かりに浮かんだ声の主を見て、ぼくの声が出なくなった。だってそこには、顔だけユリの花の不気味な人間が、何人も立っていたから。

【ユリの花の精っていうのは、もっとかわいらしいものだと、勝手に想像していなかったかな？　ぼくらの本当の姿はこうなのさ。フッフ

ッフ、ユリ園よりも一足先に、きみをすてきなユリの楽園に連れて行ってあげよう。さあ、こっちへおいで】

そう言って、ぼくの手をギュッとつかんだ。あたりにユリの甘い香りが漂う。

「いやだ！　ユリが好きなのはぼくじゃないんだ。離してくれよ！」

【そうかい。それじゃ、きみにもユリ好きになってもらおう。ほーら】

目の前がまっ暗になった。ぼくは、大きなユリの花に、頭からのみこまれたんだ。何でぼくが。どうしてぼくが、こんな目にあうんだ。

ユリの甘い香りは、ますます強くなって、ぼくの体を包みこんだ。

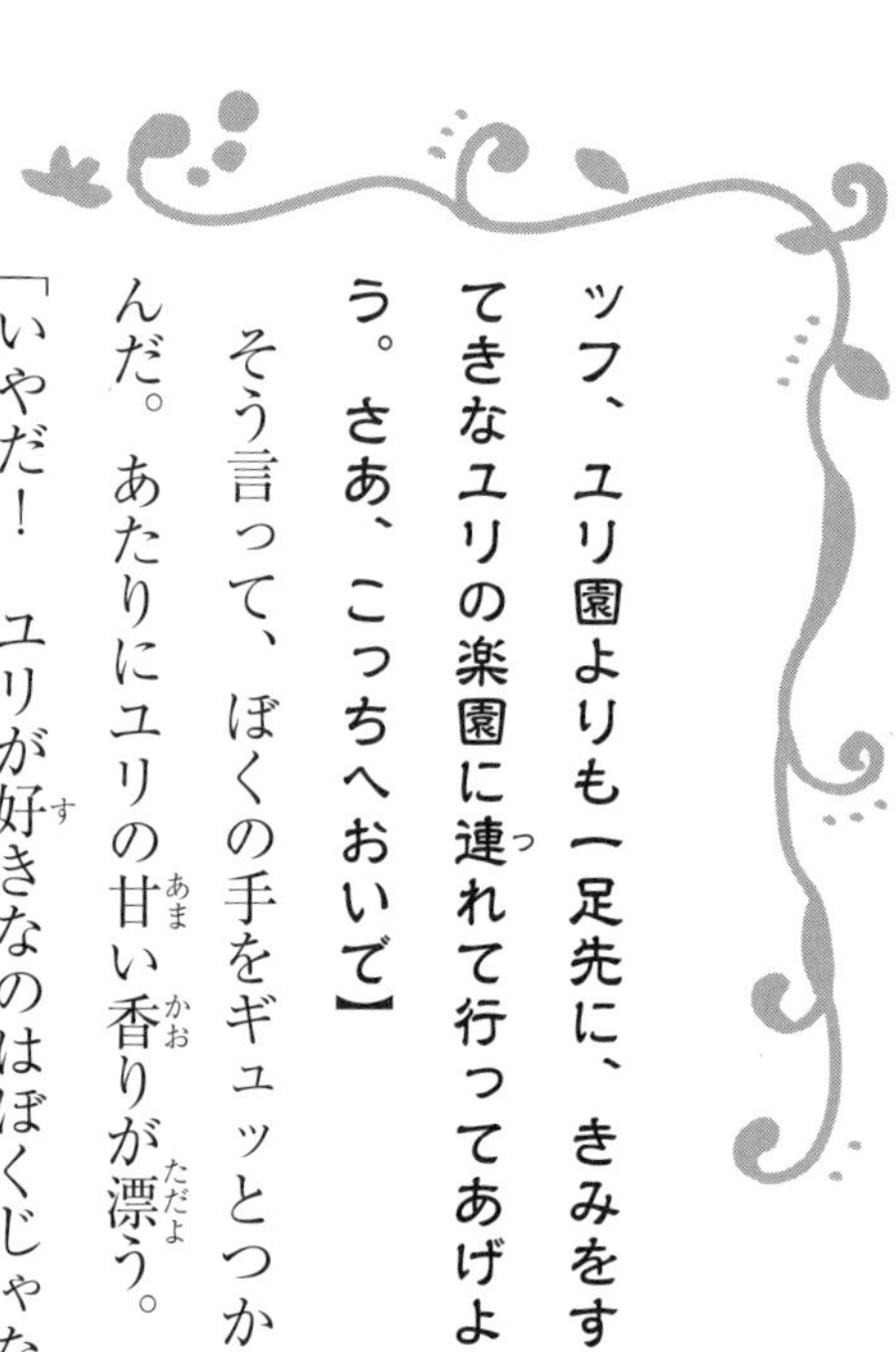

◆心霊スポット　その2　【惑星X】

自分の顔

まっ暗な宇宙空間を、ぼくたちの宇宙船は進んでいた。艦長の声が船内にひびく。
「現在の位置を報告せよ」
航海士が、ハキハキとした声で答える。
「現在本船は、地球より1126光年。グリーゼ866C近辺を航行中であります」

現在は、地球の暦で36世紀。地殻大変動により、地球に住むことはもうじきできなくなる。そのため、ほかの星への大移住計画が進行中だ。ぼくは少年飛行士として、このプロジェクトの一員になった。宇宙は広い。地球に似た環境の星を求めて、こんなに遠くまで来てしまった。その時、航海士がレーダーに何かを見つけた。

「惑星です。恒星グリーゼ866Cの衛星です。O反応、H_2O反応、どちらもあります」

つまり、空気も水も存在しているということだ。2年間、ワープにワープを重ね、ここまで飛行してきて、初めて見つけた地球型惑星だ。乗組員全員が歓声を上げた。

レーダーに従って進路を変え、速度を落とす。
すると、航海士が大声を上げた。
「見えてきたぞ。……な、何だこれは！　艦長、これはロシュ限界をはるかに越えています。こんなこと、あり得ません！」
全員がいっせいにレーダーをのぞきこむ。そこには、無数の惑星がひしめき合っていた。〝ロシュ限界〟というのは、星同士の距離が近すぎると、小さいほうの星は破壊されて消滅してしまう現象だ。たとえば、月が現在よりも地球に近い場所

にあったら、月は破壊されて、跡形もなくなっているはずである。破壊されないギリギリの距離。これを〝ロシュ限界〟という。ところがレーダーに映っている星たちは、互いに寄りそうような近距離で、宇宙空間に浮かんでいるのだ。

「よしっ、調査してみよう。肉眼で確認できる位置まで、船を進めるんだ」

艦長の指示で、宇宙船はさらに先へと進む。すると、ぼくたちの目に、とんでもない光景が飛びこんできた。

「う、うそだろ？　どういうことなんだ、これは」

ぎっしりと浮かんでいる惑星、そして衛星。それが一つ残らず「人間

の顔」になっているのだ。その時、一人の隊員が一つの星を指さして、こう言った。

「あ、あの星。おまえの顔じゃないか」

そう。その星は、ぼくの顔そっくりの星だった。

「降りてみましょう」

そう言ったのは、ぼくだった。

「いいのか」

「気味が悪いぞ」

という声がした。けれどぼくは、興味が

あったんだ。自分の顔をした星が、いったいどんな星なのか。

宇宙船は、最も平らで降りやすそうな、「おでこの場所」に向かって降下していった。ロケットが逆噴射を始める。もうすぐ着陸だ。

「アチッ！」

気のせいだったのだろうか、ぼくは一瞬、おでこに熱湯がはねたような気がした。

「よしっ、着陸成功だ。地表探検車を降ろせ」

六つのタイヤが付いた探検車に乗りこむのは、ぼくを始めとする五人。ゆっくりと未知の星を走り出す。何だ、どうっていうことのない、ふつうの星じゃないか。

「みんな、ヘルメットを外してみろ。呼吸ができるぞ」

リーダーの隊員がそう言って、大きく深呼吸した。ぼくたちもヘルメットを外す。

「本当だ。酸素がある。酸素分圧も地球とほぼ同じだぞ」

〝酸素分圧〟というのは、わかりやすく言えば、酸素の量だ。酸素は多すぎてもかえって毒になる。

探検車はなおも進む。高い木が生えた森をぬけると、表面がガラスのようになった湖に出た。氷ではないのに、探検車が乗っても沈まない。かといって、カチカチに硬いわけでもない。その時、ぼくは何だか急にチクチクと目が痛んだ。ゴミでも入ったんだろうか。しかしそれも、探

検車がその湖を渡りきるころにはすっかり治った。

　さらに進むと今度は高い山が現れ、そこには二つの大きな洞窟があった。そこから生暖かい風が出たり入ったりしている。

「ここは危ない。先を急ごう」

　探検車がグッとスピードを上げて進むと、噴火口のような穴がパックリと巨大な口を開けていた。その大きさといったら、巨大すぎて穴の向こう側が見えないほどだ。

「ここに落ちたら、絶対に助からない。いったん、宇宙船に戻ろう」

と操縦士がハンドルを切った。しかし、うまく方向が変わらない。

「だめです。地表がぬるぬるとしていて、ハンドルがききません！」

するとたんけんしゃ探検車は、ゆっくりと噴火口の中にずり落ち始めた。

「だ、だめだ。落ちる、落ちる～！」

探検車はぼくたちの悲鳴と共に、噴火口の中に吸いこまれていった。

「ゴホン！、ゴホ、ゴホッ！」

突然、ぼくののどが焼けるように痛くなった。噴火口の中は、柔らかいゴムのようになっていたが、まっ暗な闇の中をどこまでも落ちていく。

そして、ドスッとスポンジのような地面に着地したその時、

「イテッ！」

ぼくの胃が、針で刺されたように痛んだ。そうか、わかったぞ。

「ここは、ぼくの体の中なんだ。噴火口は口だったんだよ。……という

ことはここは胃の中？　だとすると、この後ぼくたちは……」

思った通りだ。その柔らかい地面から、黄色い液体がジクジクとしみ出し、探検車を包みこんでいく。これは胃液だ。何でも溶かしてしまう胃液……。

こうしてぼくたちは、ぼくの胃液に溶かされ、あとかたもなくなった……。

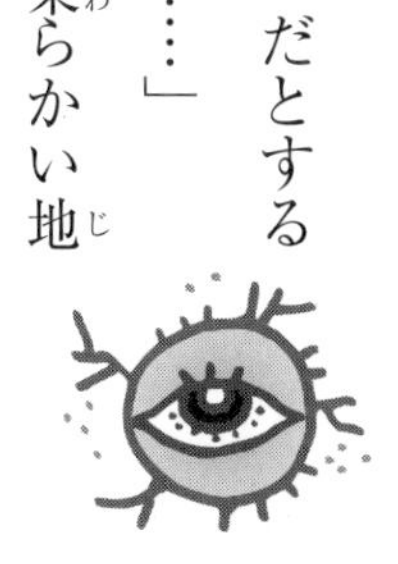

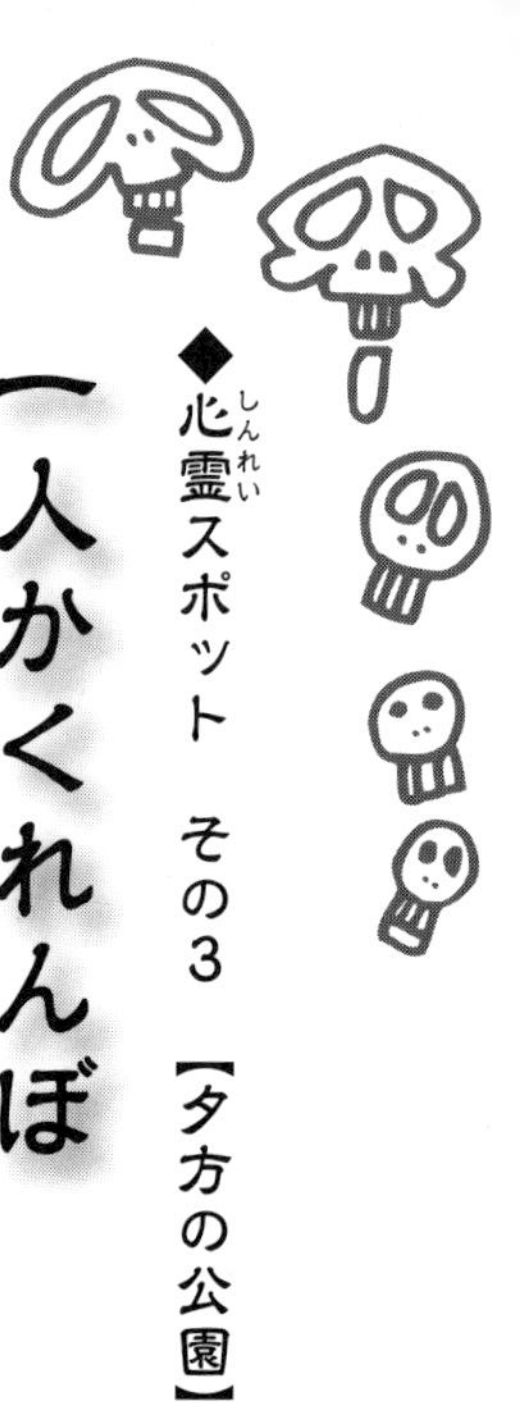

◆心霊スポット　その3【夕方の公園】

一人かくれんぼ

夕暮れの公園にやって来たわたしたち四人は、そこで不思議な光景に出会った。

「何やってるの、あの子」

由美香が、立ち止まって言った。そこには、5歳くらいの女の子が一人。走ったり、止まったり、木陰をのぞきこんだりしている。小さい子のやることは、わけがわからない。里奈はクスッと笑った。

「なぁんだ。一人遊びをしてるんだ。『一人かくれんぼ』かしらね」

絵里花は「バッカみたい」と吐き捨てるように言って、その公園を横切ろうとした。その時だ。その女の子がいきなり立ち上がって、こっちを見た。

「あっ、絵里花ちゃん、見ーつけた」

わたしたちはとっさに、絵里花を見た。

「絵里花、知ってる子なの?」

ところが絵里花は、何も言わずに首を横に振った。

「知らない、あんな子。どうしてあたしの名前を知っているのかしら」

と、不思議そうな顔をしたその時だ。里奈が叫んだ。

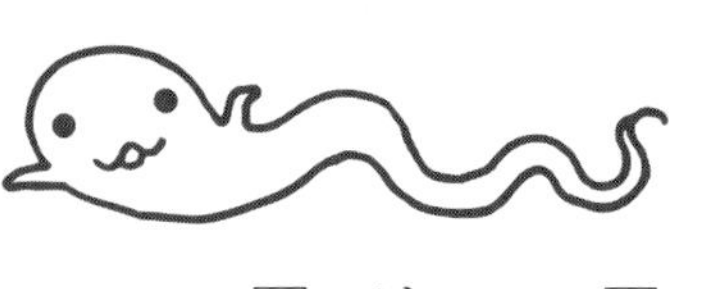

「わわっ、絵里花（えりか）の足……。足！」

見ると、絵里花（えりか）の足は、ゆっくりと地面（じめん）に沈（しず）んでいくところだった。

「やだ！　何これ。だれか助（たす）けて、助（たす）けてよ！」

わたしと里奈（りな）、由美香（ゆみか）の三人で絵里花（えりか）の体を支（ささ）えた。けれど、絵里花（えりか）はものすごい力で地面（じめん）にのみこまれていく。とても支（ささ）えきれない。

「いやだ、いやだ、いやだぁ！」

悲鳴（ひめい）と共（とも）に、絵里花（えりか）の全身（ぜんしん）は、すっぽりと地面（じめん）の下に吸（す）いこまれていった。それを見て女の子は、にこにこと楽しそうに笑（わら）っている。

「えっとぉ、次（つぎ）のオニを見つけなくちゃ」

わたしはとっさに、由美香（ゆみか）と里奈（りな）のシャツを引っ張（ぱ）り、垣根（かきね）のかげに

身をかくした。

「だめよ。あの子に見つかったら、きっと絵里花と同じようになっちゃう」

そう言ったわたしの隣で、里奈と由美香がガタガタとふるえていた。

「わ、わかった。だけどあの子はだれなの？　いったい、何なのよ」

「わかんないけど、ぜったいに見つかっちゃだめ。あの子、ふつうじゃないもの」

わたしにも、あの子がいったい何者なのか、見当もつかなかった。けれど、人間ではない。この世の者でないような気がしてしかたない。と、その子の顔がこっちを向いた。

「あれぇ、あそこにだれか、かくれているみたいな気がするなぁ」

そう言って、ニコニコと笑いながら、こっちへ近づいてくる。

「来る。こっちに来るわ！」

そうつぶやいて、思わず由美香が垣根のかげから飛び出した。

「あっ、見ーつけた。由美香ちゃん、見つけたよ。うふふ、見つけたよ」

その声と同時に、由美香の足が、ズブズブと地面にめりこみ始めた。絵里花と同じだ。由美香の悲鳴の中、女の子はそ

の様子を笑いながらじっと見ている。

「今だ。里奈、今だよ。あそこまでそっと走るのよ」

この公園には、小さなプレハブの物置が建っている。わたしたちは急いでそのかげに入りこんだ。女の子は由美香が沈んでいくのを楽しそうにながめた後で、顔を上げた。

「ふふっ、楽しいな。次はだれが見つかるのかな」

ゆっくりと垣根に向かう。

【見ーつけ……、いない。どこへ行った？　どこへかくれた！】

その姿は、さっきまでの女の子ではなかった。口が耳元までクワッとさけ、血走った目をした恐ろしい姿に変わっていたのだ。

【おのれ、生意気なことをしてくれるじゃないか。おとなしく見つかればよいものを】

わたしと里奈(りな)は、体の震(ふる)えが止まらない。すると、女の子……いや、これはもう、女の子の姿(すがた)をした魔物(まもの)だ。

その魔物(まもの)が、じっと物置(ものおき)を見つめた。

【もう、探(さが)すところはここしかない。クックック、おとなしく出ておいで。生意気なおまえたちは、地面(じめん)じゃなくて、あたしが頭から食ってやるからね】

そう言いながら近づいてくる。その時、どこからともなく声がした。

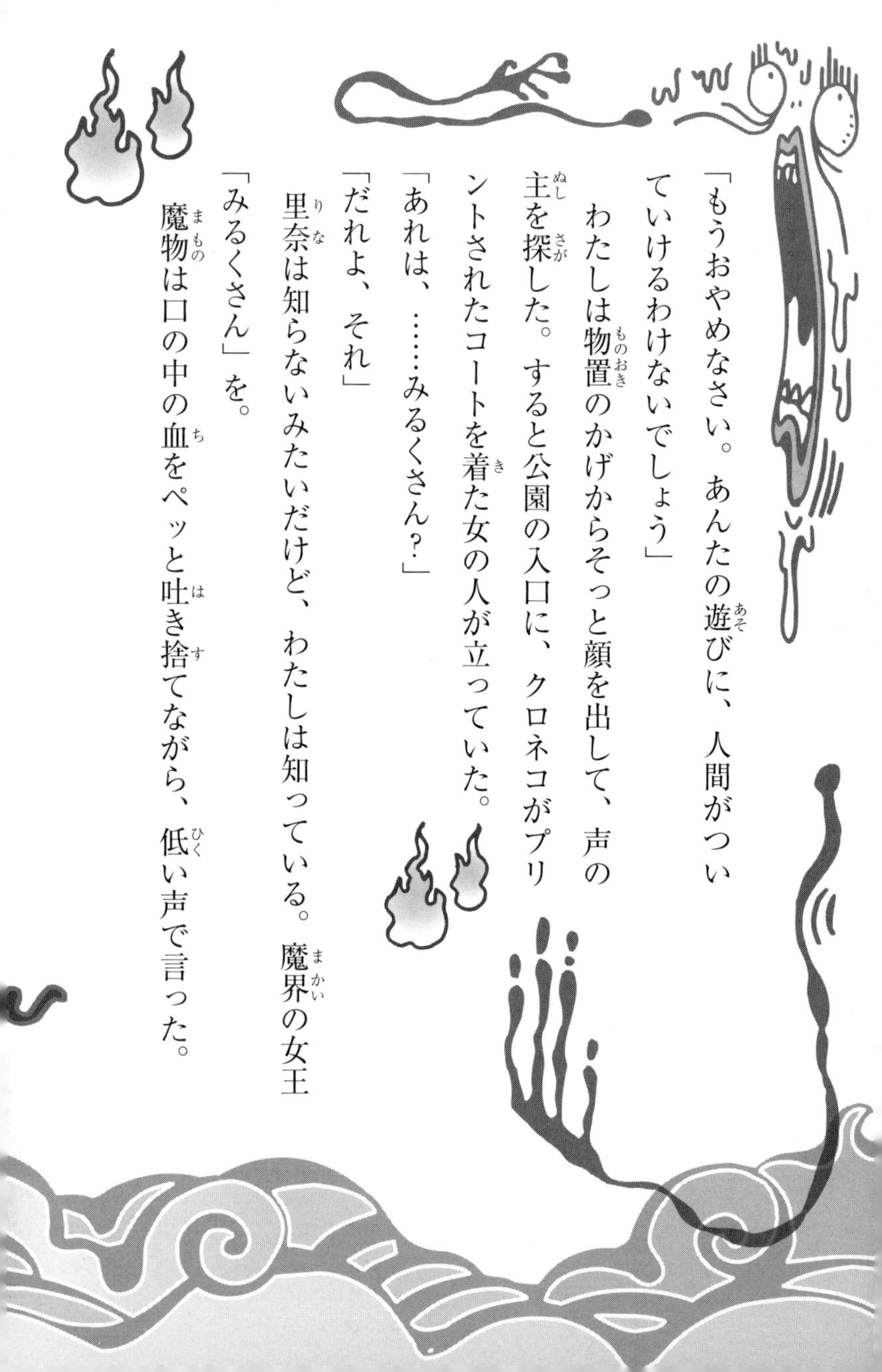

「もうおやめなさい。あんたの遊びに、人間がついていけるわけないでしょう」

わたしは物置のかげからそっと顔を出して、声の主を探した。すると公園の入口に、クロネコがプリントされたコートを着た女の人が立っていた。

「あれは、……みるくさん？」

「だれよ、それ」

里奈は知らないみたいだけど、わたしは知っている。魔界の女王「みるくさん」を。

魔物は口の中の血をペッと吐き捨てながら、低い声で言った。

【遊びの邪魔をするな、みるく。あたしはただ楽しく遊んでいるだけなのさ】

「魔物の遊びに、人間の体はついていけないの。それぐらい、知ってるでしょう」

【うるさい。まずはおまえから片づけてやる！】

カエルのように高くとびはねて、みるくさんに襲いかかる魔物。その時、みるくさんは右手を高くかかげた。

「おろか者。魔界の掟を守れ！」

そう言って、右手を鋭く斜めに振り下ろす。

【ギャウウウウッ！】

と、恐ろしい叫び声と共に、魔物は煙のように消え去った。

「もうだいじょうぶよ。出ておいで」

わたしと里奈がそっと物置のかげから出る。

「あのう、あなたは『みるくさん』ですよね。わたしの友だちはどうなって……」

「心配ないわ。物置の扉を開けてごらんなさい」

言われた通りにすると、中から由美香と絵里花のひきつった顔が現れた。

「よかった。よかったね。あのう、みるくさん……」

振り向くと、そこにはもう、だれもいなかった。

◆心霊スポット　その４　【エレベーター】

地底へのエレベーター

世の中、不景気なんだそうだ。そう言えば、近所でもつぶれてしまう店が増えているような気もする。

「ねえ、おかあさん。『ノア』が閉店セールだってさ」

「まあ、あんなに大きなスーパーまでなくなっちゃうの？」

「ノア」っていうのは、ぼくんちの近所にある、５階建ての大きなスーパーだ。中には洋品店、靴屋、電気屋、書店、ゲームコーナーなど、あ

らゆる店がそろっている、このあたりでは一番人気のあった大型スーパーなんだ。

ある日、ぼくたち三人は、学習塾の帰りに「ノア」に行ってみることにした。塾のバスを少し手前で止めてもらって、様子を見に行くことにしたんだ。一緒に行くのは、健太と浩平。まだ8時過ぎだっていうのに、「ノア」はまっ暗だった。3日前に閉店したばかりなのに、まるでゴーストタウンだ。

「本当に、つぶれちゃったんだな」

ぼくのつぶやきに、浩平が答える。

「ああ、まだ信じられないよ」

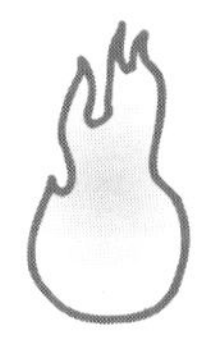

とその時、健太が何かを見つけた。

「おい、タケル。あそこだけ明るくないか？　まだ後片づけとかしてる人がいるのかな」

　タケルっていうのは、ぼくの名前だ。目をこらすと、たしかに1か所だけ、ぼんやりと明るい場所がある。

「ちょっと行ってみようか」

　ぼくの提案に、二人もおそるおそる賛成した。

鉄製のドアにふれると、それはいとも簡単に開いた。白い光が中から

飛び出してくる。

「何だここ、エレベーターホールじゃないか」

そう。そこはエレベーターが1基あるだけの空間だった。

「おい、このエレベーター、まだ動いてるぞ。ほらっ、上から降りてくる」

3、2、1と表示が変わり、ぼくたちのいる1階で止まった。そしてドアが開く。

「おっ、これスケルトンのエレベーターじゃん。こんなの、『ノア』にあったっけ」

浩平が意外そうに言う。それは透明なカプセルのようなエレベーターだった。ぼくも、こんなおしゃれなエレベーターがあるなんて、ちっとも知らなかった。

「おいっ、乗ってみようぜ」

健太の言葉に、ぼくと浩平は軽いノリで中に入った。音もなくドアが閉まる。とりあえず、3階あたりに行ってみよう。

「おい、タケル。何やってんだよ。下がってるじゃんか。地下に行って、作業の人とかに見つ

かったら、怒られるぞ」

「あれぇ、たしかに３階のボタンを押したんだぞ。勝手に下へ行ってるんだ。……それにしても、どこまで下がるんだ、このエレベーター」

ノアには、地下２階までしかないはずだ。なのに、階数を示す数字が地下３階、４階、５階と増えていく。何もないところに数字が次々と現れてくるんだ。浩平がぼくのシャツを引っ張る。

「おい、タケル。どうなってんだよこれ。止まらないじゃんかよ」

そんなこと、ぼくに言われても困る。ぼくだってわけがわからない。気がつくと数字は、地下１２８階を示していた。と、目の前の空間が、まっ赤に変わった。

「マ、マグマだ。これってマグマじゃないか。そんな深くまでもぐっちまったってか。……待てよ。それにしちゃ、ちっとも暑くないのはどういうことだ？」

ぼくの疑問に、健太が「わかった！」と、こぶしをたたく。

「これ、映像なんだよ。きっと新しいアトラクションだ。『ノア』はつぶれたんじゃなくて、リニューアルするんだよ。テーマパークになるんだ。まだ建設中で、これはその一つなんだよ」

健太は完全にその気になってる。そうかなあ。だったらもっと宣伝したり、うわさが広まったりしていると思うんだけど。

さらにエレベーターは下へ向かう。透明だから地層までがよくわかる。

それにしても、もう地下389階だ。いったいどこまで……。と思ったその時だ。パーッと視界が開けた。そしてスーッとドアが開く。青い空とジャングルが見えた。

「すげえ、最新の設備だ。とても映像とは思えない……。おいっ浩平。何やってんだ」

見ると浩平は、エレベーターの外に出ていた。

「健太、これって映像じゃないよ。いいから二人とも、エレベーターから降りてみろ」

新鮮な空気だが、ちょっとムッとしていて暑い。

湿度も相当に高そうだ。

「何だよ、ここ。この木も葉っぱも、あの火山も本物だぜ。いったい、どうしてこんなものが地下深くにあるんだ」

そう言って浩平は、いきなりジャングルの中へ入っていく。ぼくと健太も後を追ったが、浩平の姿が見えない。と、次の瞬間、浩平のかん高い悲鳴が聞こえた。それは、はるか上空から聞こえてきたのだ。

「ブ、ブラキオサウルス……」

そうだ。間違いない。浩平を空高くくわえ上げているのは、1億2千年前に絶滅したはずの恐竜、ブラキオサウルスだ。体高16メートル。

「うわっ、うわ～っ！」

浩平は、その高さから密林の中に投げ出された。ふと見れば、空にはプテラノドン。左の草原にはトリケラトプス。これはどう見ても、映像なんかじゃない。そしてぼくは確信した。恐竜たちは絶滅したのではなく、この地底の大空間で生き延びていたんだと。

ガサッ。すぐそばで巨大な葉っぱがゆさっと揺れた。そしてぼくたちの目の前に現れたのは、凶暴なティラノサウルス……。

ぼくと健太の悲鳴が、地底の空にひびきわたった。

◆心霊スポット　その5【プールの底】

竜宮城

　うっかりしちゃった。プールにバスタオルを置いて来ちゃったんだ。

「しょうがないわね。すぐ、取って来なさい」

　先生が、あきれ顔でそう言った。そんな顔することないじゃんか。まだ着がえ前なんだし、サッと行って、サッと取ってくるさ。

　ぼくはUターンして、プールへ戻った。

「あった、あった。あれ……？」

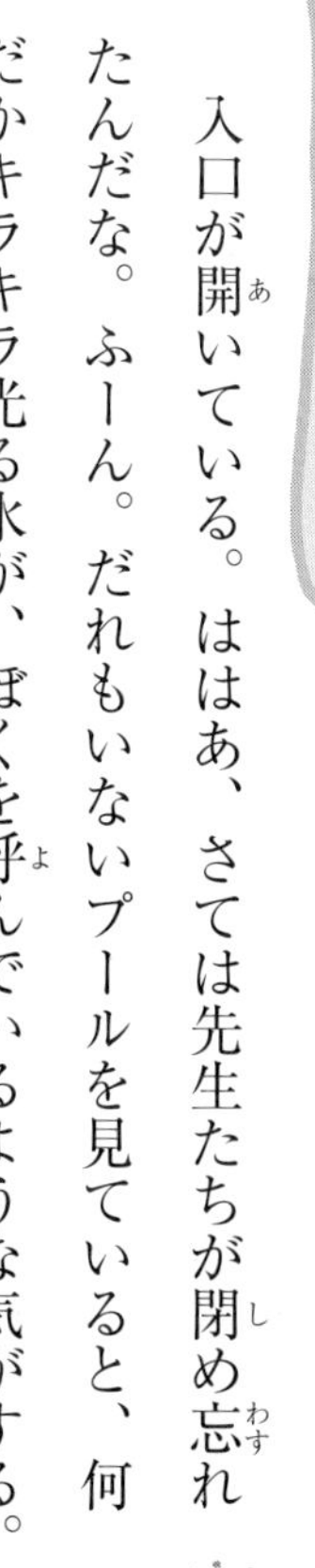

入口が開いている。ははあ、さては先生たちが閉め忘れたんだな。ふーん。だれもいないプールを見ていると、何だかキラキラ光る水が、ぼくを呼んでいるような気がする。

「へへっ、ちょっとだけ。ちょっとだけな」

こんなチャンスはめったにない。ぼくは広いプールを一人じめにして泳いだ。

「チョー気持ちいい〜！　ようし、今度は潜水だ」

思いきり息を吸いこんで、一気にもぐる。プールの底がガラス細工のように見えた。いつまでも、いつまでも、このままもぐっていたい気になる。

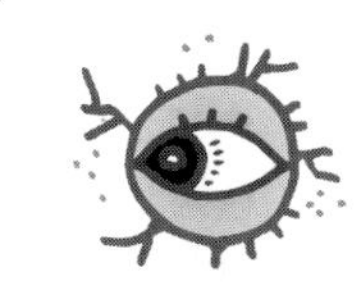

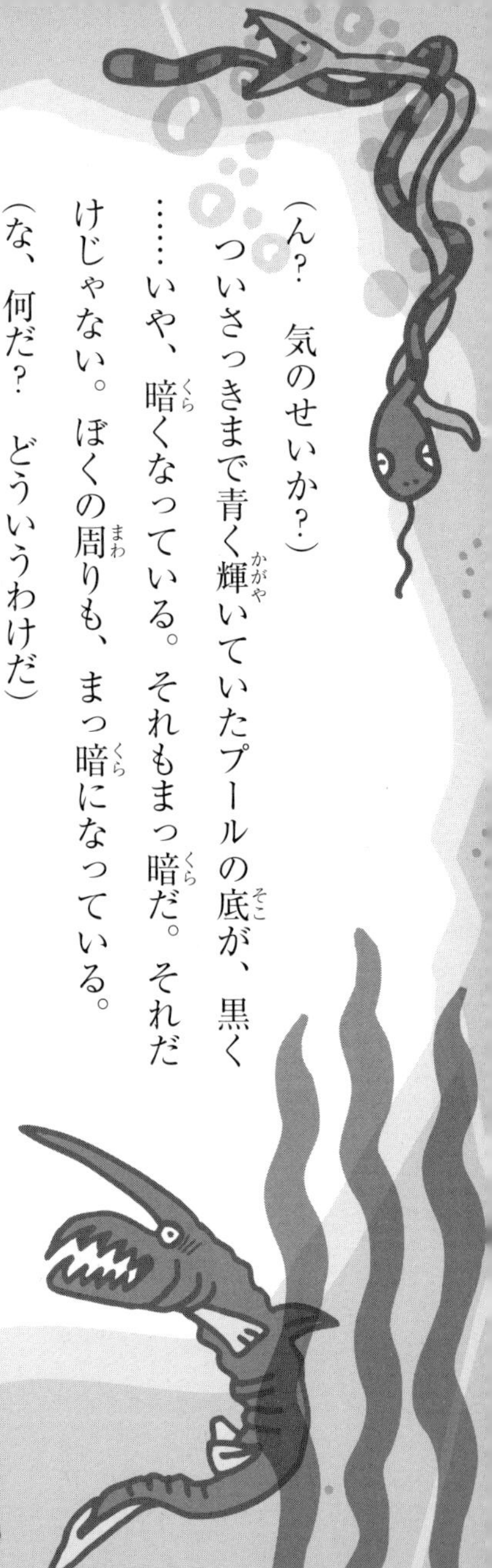

（ん？　気のせいか？）

ついさっきまで青く輝いていたプールの底が、黒く……いや、暗くなっている。それもまっ暗だ。それだけじゃない。ぼくの周りも、まっ暗になっている。

（な、何だ？　どういうわけだ）

さらに、ゆらゆらとゆらめく海草。ゆうぜんと泳ぐ魚や水の底を歩く足の長いカニ……。

（こ、ここって、海底じゃないか）

上を見上げてもまっ暗だ。

（どれだけ深い海の底なんだ。……それにしても、ち

っとも苦しくないのはなぜなんだ）
頭の中がパニックになっていると、足もとが切れ落ちて、深いガケになっていることに気づいた。

「危ねえ～。こんなところから落ちたら……。ん？」
のぞきこむと、下のほうがぼうっと明るい。何だろう。そもそも、もしここから落ちても、海の中なんだから泳げばいいだけのことだと、思い直した。ぼくの頭の中からは、なぜか「不思議」という感覚が消え失せていた。《プールにもぐったら、そこは海の中で、魚やカニがのんきに暮らしていた》という、ごく当たり前の感じ。不思議と思わないことが不思議といえば不思議だ。よくわからん。
ぼくは何の気なしに、ぼんやり明るい、下のほうへもぐっていった。もぐればもぐるほど、明るさが増してくる。そして、大きな岩の角を曲がった時、ぼくはびっくりして、頭を岩にぶつけそうになった。

「ななな、何だこれ。新しいテーマパークか？」

そこにはまばゆいほどに輝く、けばけばしい色をした建物が建っていた。はて、それにしてもどこかで見たことがあるような……。

「あっ、これって竜宮城じゃないか！」

小さいころに絵本で見た、竜宮城にそっくりな建物がデンとそびえていた。それじゃ、ぼくは浦島太郎？　それにしてはカメが登場してこない。それでも中には、乙姫様がいるんだろうか。きれいな女の人とかも。ゆっくりと泳いで、門をくぐる。するとそこへ、いっせいにきれいな女の人たちが現れた。

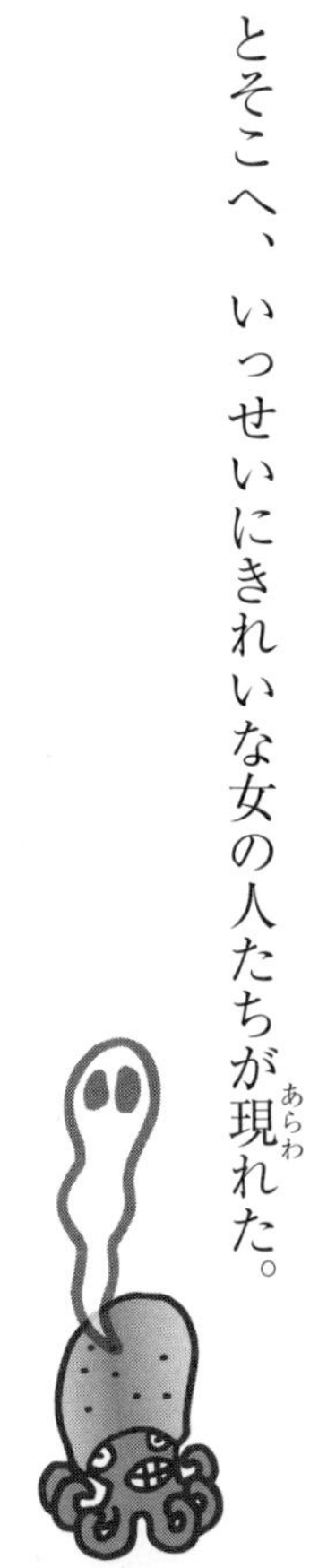

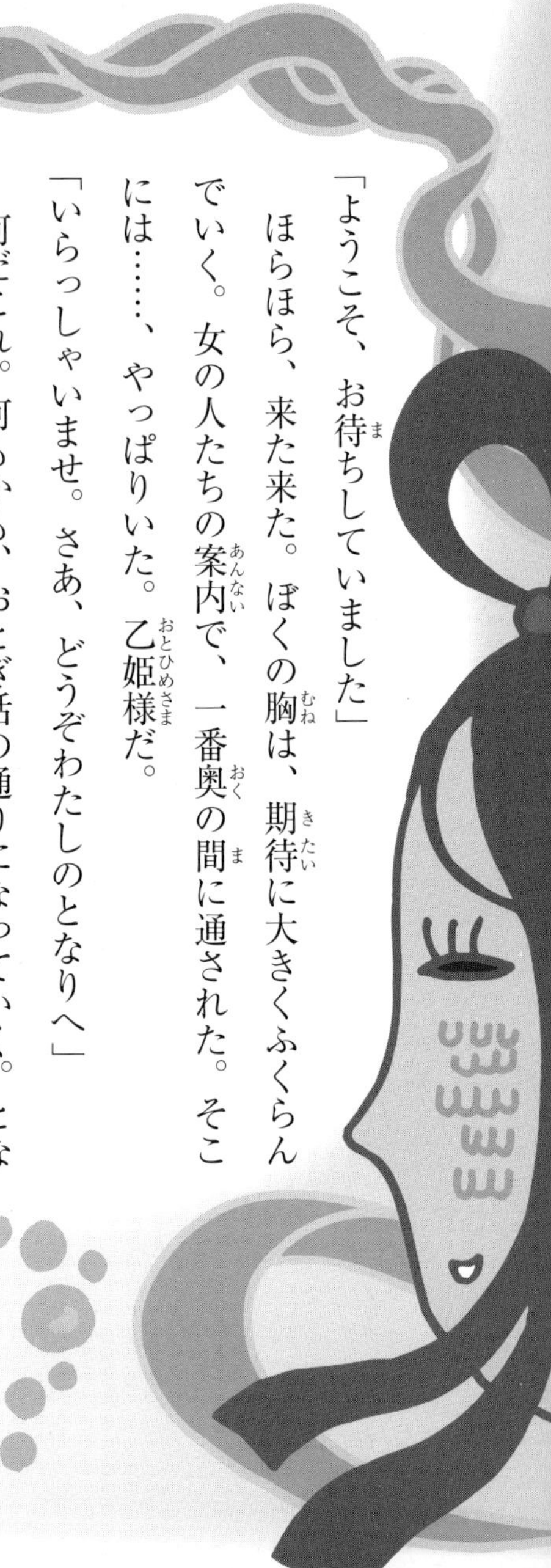

「ようこそ、お待ちしていました」

ほらほら、来た来た。ぼくの胸は、期待に大きくふくらんでいく。女の人たちの案内で、一番奥の間に通された。そこには……、やっぱりいた。乙姫様だ。

「いらっしゃいませ。さあ、どうぞわたしのとなりへ」

何だこれ。何もかも、おとぎ話の通りになっていく。となると、ぼくはここで長居をしちゃいけないんだよな。それからおみやげの玉手箱をもらってもいけないんだ。

「どうぞ、ここで何日でもゆっくりとしていってくださいな」

そうはいくかい。ここでの1日はきっと、地上での10年間

ぐらいになってしまうんだ。しっかり見学したから、もうい
い。ここでぼくは初めて口を開いた。
「いや、ぼくはちょっと用事があるので、もう帰ります。給食当番だし、
今日のメニューは大好きなきなこあげパンなんだから」
「まあ、そんなことを言わず、どうぞゆっくり」
「だめだめ。ぼくは、そんなに早くじいさんになるわけにはいかないよ。
だいいち……」
　と、そこまで言いかけた時、乙姫様の顔がとつぜん、ちょうちんアン
コウに変わった。それもするどいキバのあるアンコウだ。
【そうはいかないよ。ここに入った人間は、おとぎ話の通りになっても

らわないと、わたしが困るのさ】

そう言って口から大量の泡をはくと、周りにいた女の人たちが、いっせいに恐ろしい顔つきの魚に変わった。そしてジリジリとぼくのほうに向かってくる。

「うわっ、うわ〜っ、助けてくれえ！」

けれど何百匹といる魚たちは、いっせいにぼくの体にかみつき、するどいキバで肉を食いちぎった……。

「あらあら、お目覚めね」

養護教諭の先生が、向こうを向いたまま、そう言っ

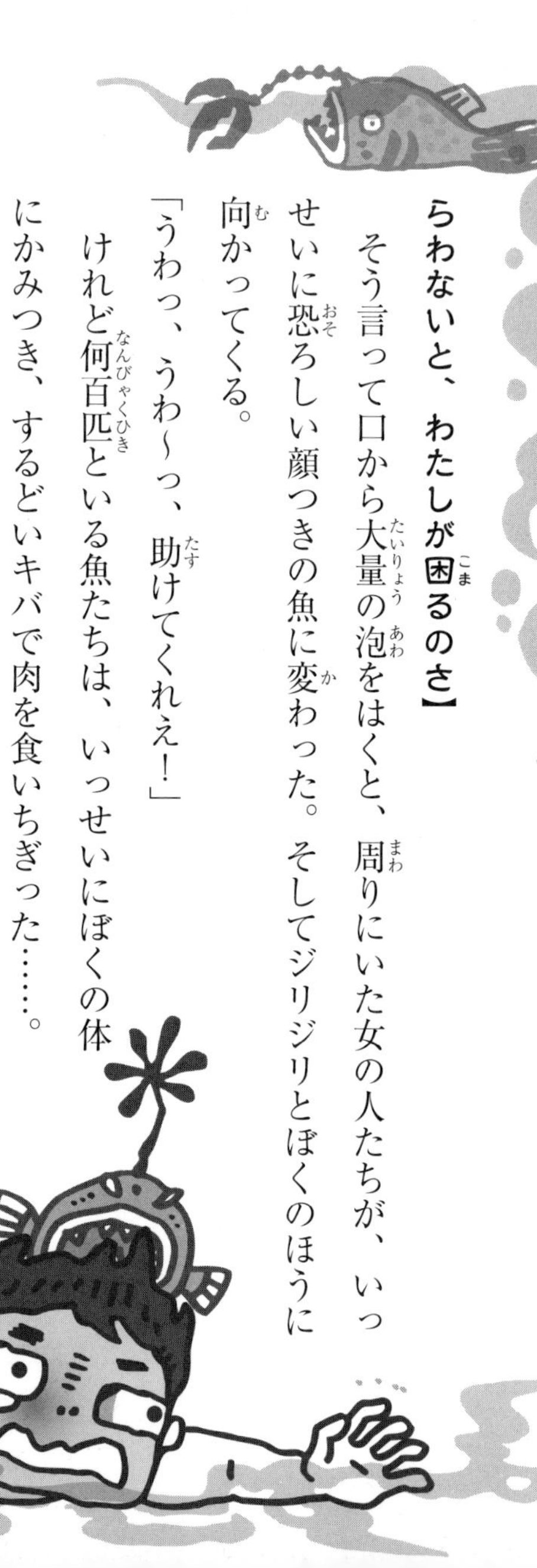

た。ぼくはゆっくりと体を起こす。

「えっ、ここは……、保健室……ですよね」

「そうよ。夕べ、遅くまでゲームでもしていたんじゃないの？　気持ちが悪いって保健室へ来たっきり、ずっと寝ているんだもの」

「なあんだ、夢か。どうりでおかしいと思ったよ。さて、給食当番に行かなくちゃ」

するとと先生は、急に笑い出した。

【もう、給食の時間は終わったわ。ほら、あなたの分はここに届けてもらってあるわよ。今日のメニューは、『ちょうちんアンコウの煮付け』よ】

そう言って振り向くと、その顔は乙姫様の顔だった。

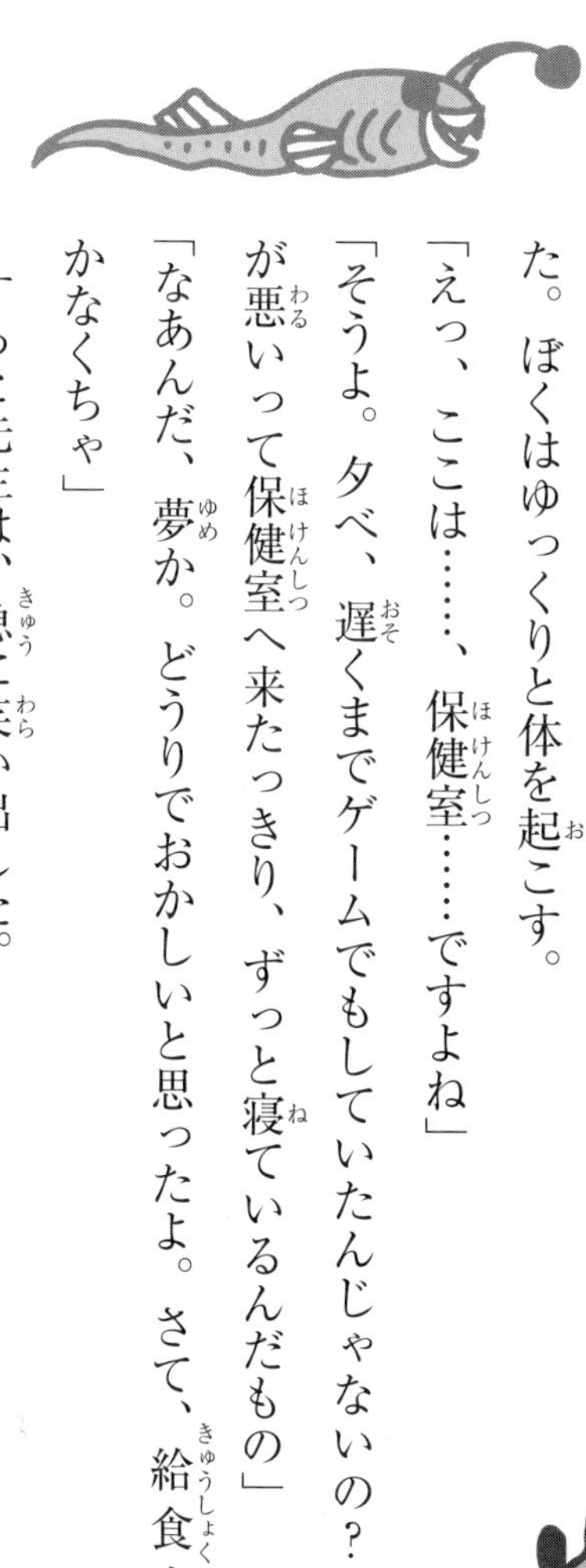

◆心霊スポット　その6【野外美術館】

追いかけてくるアイツ

まったく意外だった。それは、おとうさんもおかあさんも同じだ。

「へえ〜、山奥にこんなにたくさんの彫刻があるなんて」

「まるで『野外彫刻の森』っていう感じね。ガイドブックにも載っていなかったわ」

なだらかな山の中腹に、大人の体よりもずっと大きな彫刻が、いくつも展示されている。ぼくたちはこの場所に、車でやって来た。久しぶり

の家族旅行で高原のホテルへ行く途中、ぐうぜんこの彫刻群と出会ったってわけだ。

お姉ちゃんが、あることを発見した。

「この彫刻、みんな生き物に関係しているわよ。ほら、人間の手でしょう。それからネコに、こっちは鳥……かしらね」

そう言えばそうだ。『手』といっても、正確に言えば『手首』だ。しっかり握った『グー』の形をした手首。ネコは丸まって寝ている。鳥も頭を体の中に押しこんで眠ってる。何だかみんな「お休み中」っていう感じだな。

おとうさんは、さっきからさかんにシャッターを切ってい

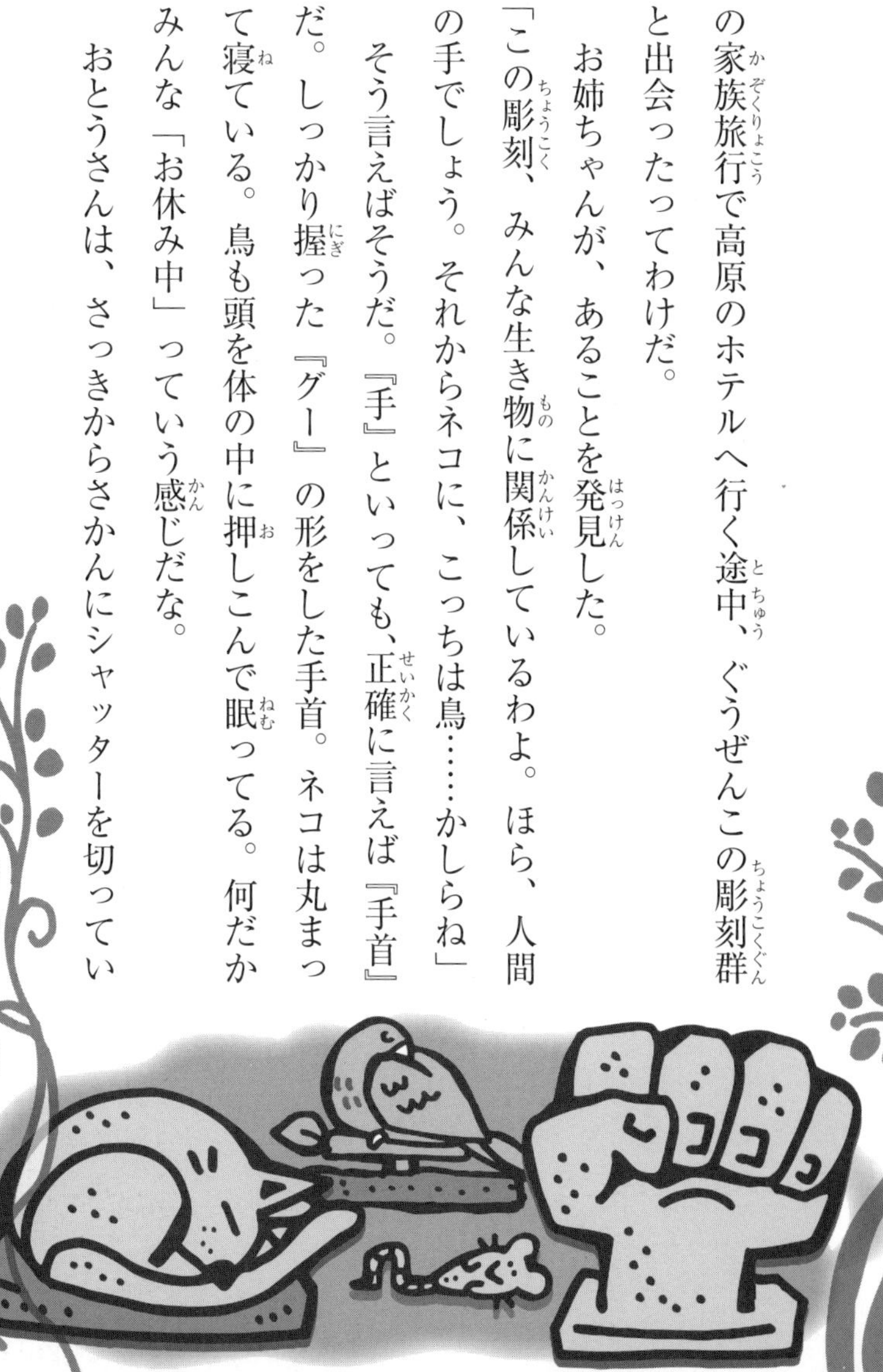

る。ぼくはだんだん、しびれを切らしてきた。

「ねえ、もう行こうよ。早くホテルへ行って、のんびりしたいよ」

　お姉ちゃんも続く。

「あたしも賛成。そのホテル、プールもあるんでしょ？　早く泳ぎたいわ」

「そうね。とにかく早めにホテルへ着いたほうが何かといいわ」

　おかあさんも同じ考えらしい。ところがおとうさんは、まだカメラのモニターをのぞきこんだままだ。

「ねえ、おとうさん。写真はいいから早く行こう……」

「ちょ、ちょっと待ってくれ」

　おとうさんの声が、ぼくの言葉をさえぎる。

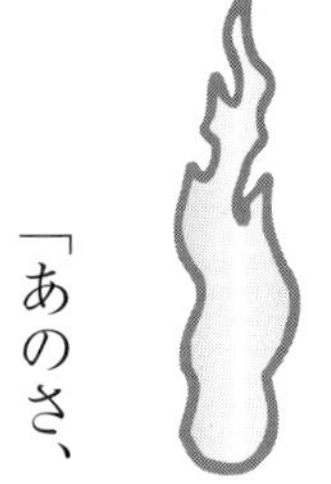

「あのさ、このヘビの彫刻、こんなふうに頭を持ち上げてたっけ」

「覚えてないよ、そんなの。ただ、ここの彫刻の生き物はみんな、『お休み中』だと思ってたけど、このヘビは違うんだね」

　そこにお姉ちゃんが入りこんできた。

「おとうさん、さっき、このあたりの写真も撮っていたじゃない。カメラを再生して、確かめてみたら？」

　なるほど、その手があったか。おとうさんがカメラの再生ボタンを押して、すでに撮った画像を確認する。それをのぞきこんだお姉ちゃんの顔が、一瞬ひきつった。

「うそ！　このヘビは寝てるわよ。首なんか、持ち上げていない」

ぼくものぞきこむ。本当だ。画像の中のヘビは、頭を下げたまま寝ている。

「ほかのヘビを撮ったんじゃないの？」

「いや、ヘビはこいつ1体だけしかないんだ」

次の瞬間、ぼくの心臓が止まりそうになった。だって、目の前にある「グー」をした人間の手首が、いつの間にか「パー」になっていたから。

「何これ。何かおかしいよ。ここって、なんかヘンだよ」

よく見ると、さっきまで寝ていたネコの目が開いて、ぼくたちのほうを見ている。頭を体の中につっこんで寝ていた鳥も、翼を広げかけている。おとうさんが、ぼくたちに大声で指示を出した。

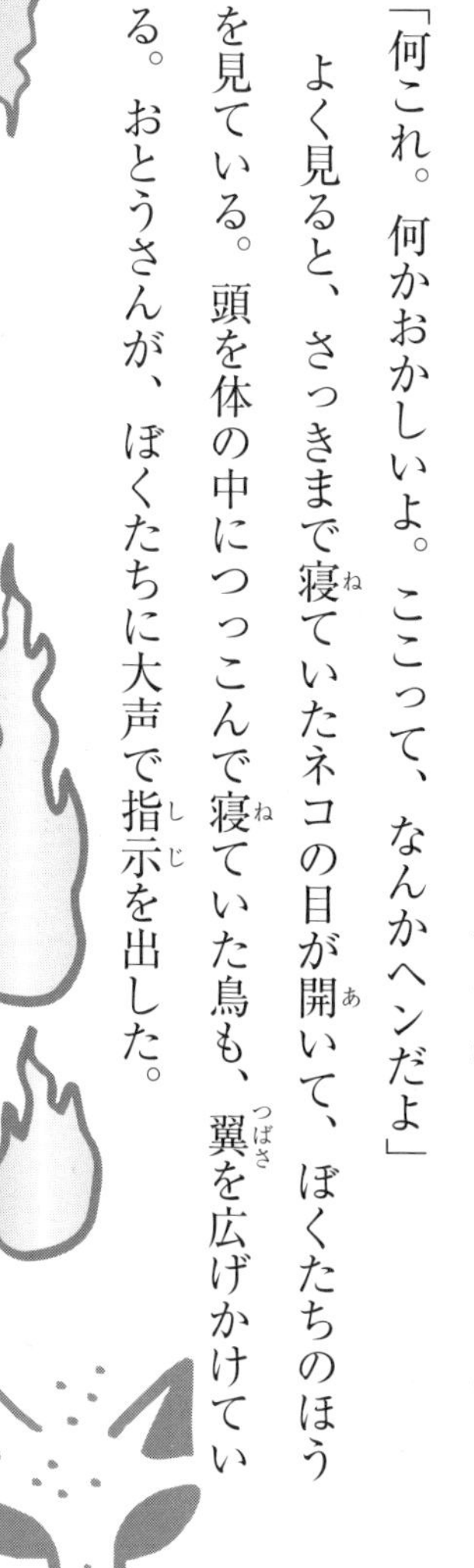

「早く、早く車へ戻るんだ。ここにいつまでもいちゃいけない！」
　みんながいっせいに走り出したその時、背中でドンドンとにぶい音がした。振り向くと、彫刻のネコが起き上がり、ぼくたちの後を追ってくる。牛ほどもある大きなネコだ。けれど体が重いせいか、決して速くはない。これなら逃げ切れる！　駐車場までもうすぐだ。
　そう思ったのもつかの間、とつぜんぼくたちの目の前に、巨大な「手のひら」が現れた。くそっ、道をふさごうっていう気か。その時、頭の上でキーンと空気を切り裂く音がした。鳥だ。鳥がぼくたち目がけて急降下してきたんだ。
「ふせろ！」

おとうさんの声でぼくたちは、地面にはいつくばった。

【ゴゴゴーン！】

にぶい音がして、石のかけらがぼくたちの周りに降り注いだ。あたり一面に、白い粉のようなものが降り注ぐ。頭を上げると、「手のひら」も「鳥」もなかった。「鳥」が「手のひら」に激突して、どちらも粉々になったんだ。

「やったぁ、助かったよ、ぼくたち」

しかし、さっきのネコがすぐ近くまでせまって来ていた。けれど、こいつの速度なら振り切れる。ぼくたちは走って走って、何とか車にたどり着くことができた。

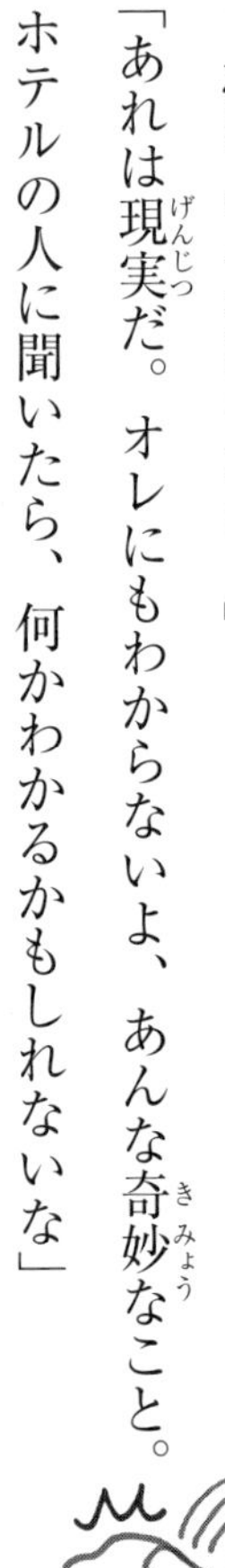

「行くぞ！」

　おとうさんがアクセルをふかす。車のバックミラーに映ったネコが、どんどん小さくなっていった。

「よかった。これでもうだいじょうぶだ」

　おとうさんの言葉に、みんながホッと胸をなでおろす。おかあさんが、おとうさんの顔をのぞきこむようにして言った。

「それにしても、今のは何だったの？　みんながそろって同じ夢をみるわけもないし」

「あれは現実だ。オレにもわからないよ、あんな奇妙なこと。ホテルの人に聞いたら、何かわかるかもしれないな」

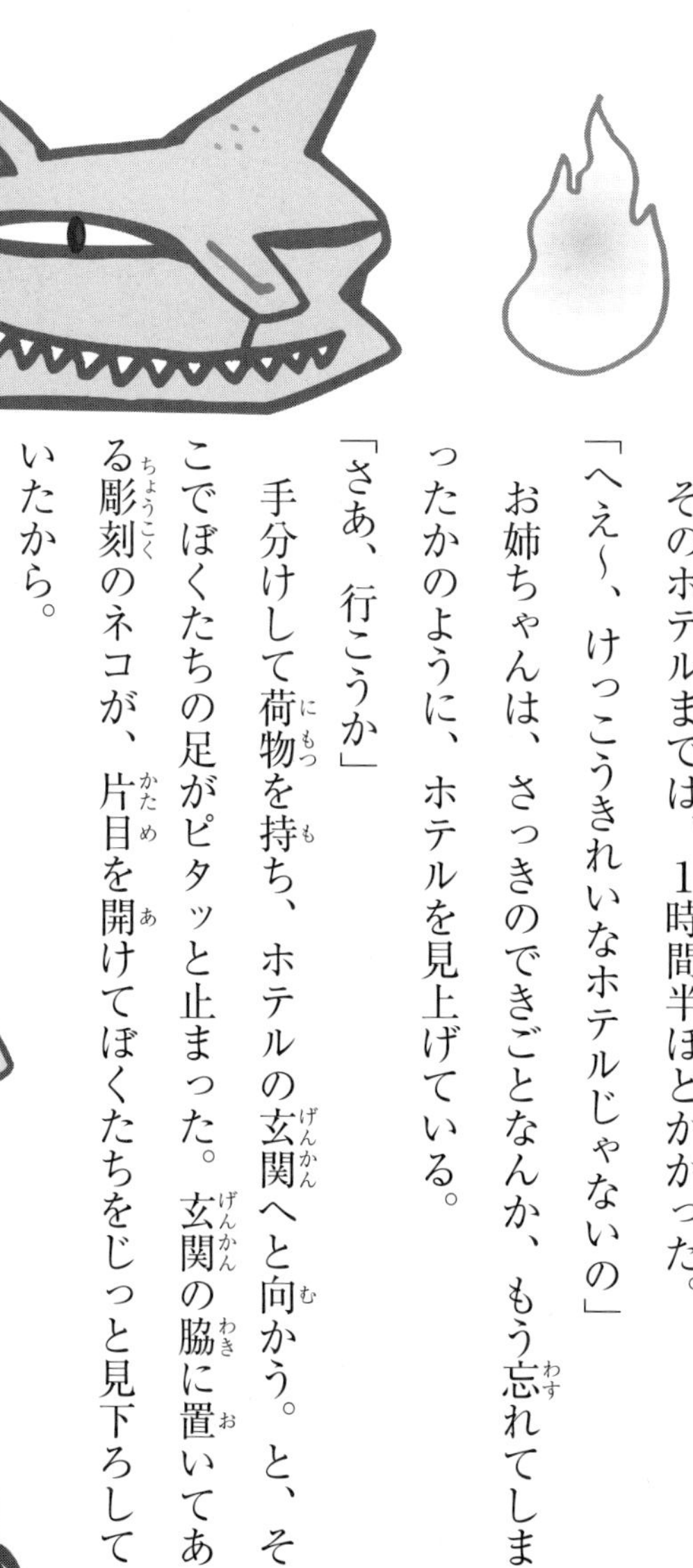
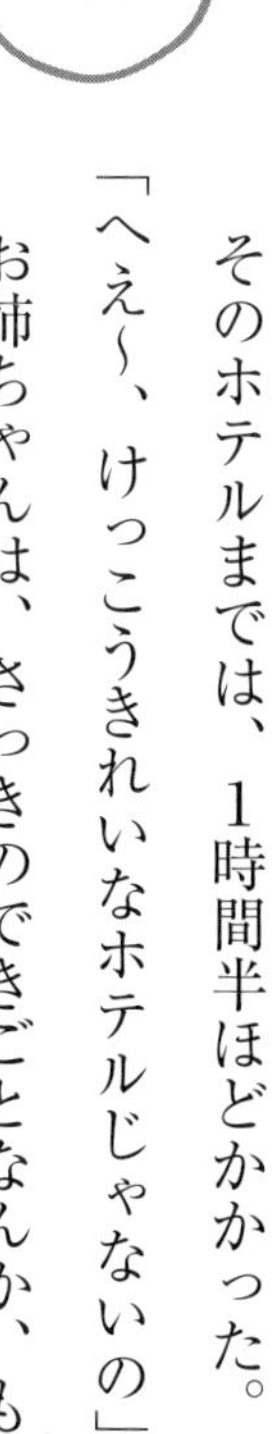

そのホテルまでは、1時間半ほどかかった。

「へえ〜、けっこうきれいなホテルじゃないの」

お姉ちゃんは、さっきのできごとなんか、もう忘れてしまったかのように、ホテルを見上げている。

「さあ、行こうか」

手分けして荷物を持ち、ホテルの玄関へと向かう。と、そこでぼくたちの足がピタッと止まった。玄関の脇に置いてある彫刻のネコが、片目を開けてぼくたちをじっと見下ろしていたから。

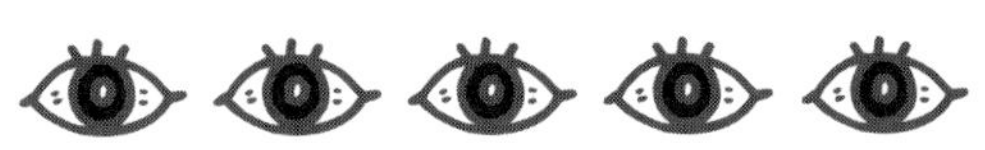

◆心霊スポット　その7【暗黒の宇宙空間】

サービス期間中

宇宙ステーションのアンテナが、少し曲がったらしい。

「ケント、船外に出て、修理してきてくれないか?」

「オッケー、おやすいご用ですよ」

ぼくは、このステーションの乗組員。得意なのは、船外活動だ。宇宙でステーションの外に出るのは、危険と隣合わせでもある。宇宙服が少しでも破れたら、わずか数秒で死んでしまう。また、もし生命維持装置

が故障しても、同じ結果になる。だから、専門的な技術と勇気が必要なんだ。

ぼくは修理の工具を持って、船外に出た。足もとの地球が青く、美しい。

「ケント、もっと右だ。もっと」

ぼくは船内からの指示を受けながら、ゆっくりとアンテナに近づいていく。

「おやおや、たしかに曲がってるね。どこかの国の宇宙ゴミでも当たったのかな」

まず、固定してある箇所のネジを外して、それから作業に入る。

「慎重にいけ、ケント。このあたりは宇宙ゴミが多いぞ」

〝宇宙ゴミ〟というのは、こわれたり使い終わったりした人工衛星や、はがれた宇宙船の塗装などのことだ。細かいものまで入れると、3万個もの宇宙ゴミが地球の周りを回っていると言われ、大きさもさまざまだ。これがおよそ秒速8キロメートルものスピードで飛んでいる。わずか1センチのゴミでも、ぶつかれば自動車にはねられたぐらいの衝撃があるっていうんだから、言われなくても慎重になる。

「ラジャー。もう少しで修理完了します。熱いコーヒーをいれて待ってて……」

その時だ。目の前に突然、5センチほどの金属片が飛んできた。

「危ない！」

思わず体をひねってよける。ふうっ、危機一髪ってやつだ。

「何とかよけたよ。ステーションには異常ないか……。ん？」

気のせいか、ステーションが小さくなったように見えた。その時、緊急連絡が入った。

「ケント、大変だ。固定ロープが今の宇宙ゴミに切断された。すぐに窒素ガスを噴出しろ！」

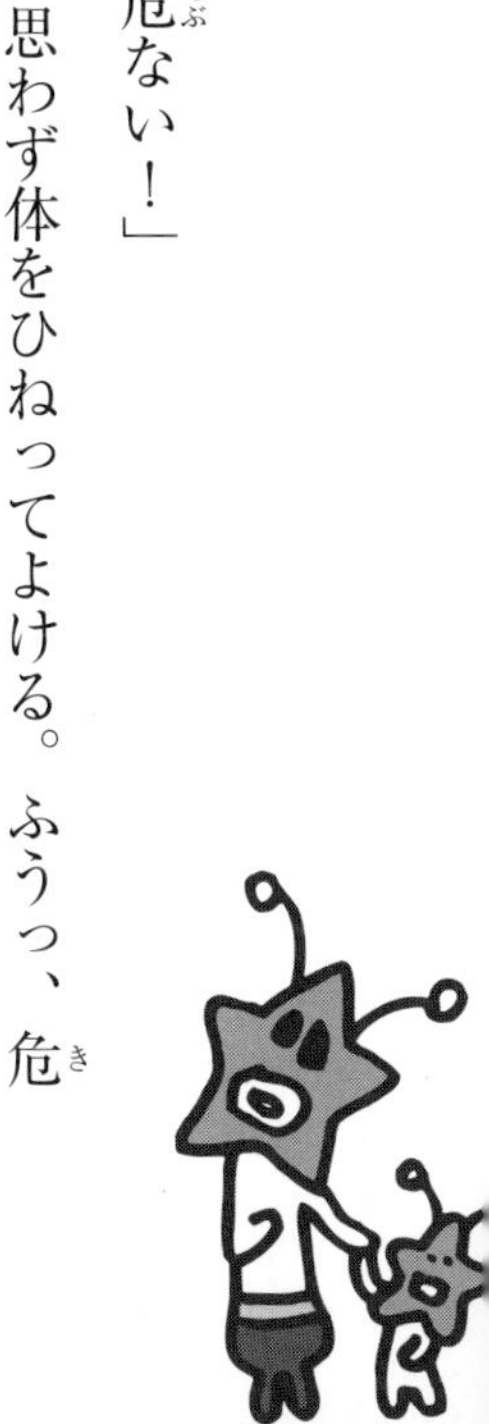

固定ロープは、まさに命綱だ。ステーションと船外活動者をつなぐ大切な役目をしている。それが切れたらステーションからどんどん離れ、永遠に暗黒の宇宙をさまよってしまう。その固定ロープが切れてしまったというのだ。けれど宇宙服には、姿勢を制御する「窒素噴出口」がある。ここから窒素ガスを吹き出して、移動することができるのだ。

「今、ガスを出す。……あれっ？　ガスが出ない！」

これは大変なことだ。宇宙空間では、どんなにもがいても水泳のように泳ぐことはできない。ぼくの体は、ステーションからどんどん離れていく。もう、二度と戻れないんだ。ああ、何ということだろう。生命維持装置の酸素は7時間ほどしかもたない。その間は生きていられるが、

7時間を過ぎて酸素が切れたら、ぼくは暗黒の宇宙空間で死ぬ。そして、永遠に宇宙を飛び続けるんだ。じっと死ぬのを待つしかないんだ。

「とうさん、かあさん、ごめんよ。ここまで育ててくれてありがとう」

宇宙服のヘルメットの中を、ぼくの涙が丸くなって飛んでいる。1時間、2時間と時間が過ぎていく。もう、ステーションの姿はまったく見えなくなった。5時間、6時間、そして最後の1時間が終わった。酸素が薄くなってくると共に、ぼくの意識ももうろうとしてきた。いよいよ、最期の時を迎えるのか……。

【もしもし、元気ですか？】

耳の奥でそんな声が聞こえた。目を開けると、ぼくは生きていた。その代わり、目の前に不気味な白い顔が浮かんでいる。

「うわっ、だ、だれだ！」

【だれだ、なんていやですよぉ。あたしは、あなたの守護霊です。本当ならあなたはもう、亡くなっているんですけど、運のいいことに、ただいま守護霊協会のキャンペーン中なんです。つまりサービス期間でして、あなたをこれからもずっとお守りしてさしあげます】

「それじゃ、ステーションへ戻してくれるのか？」

【いいえ、それはできません。あなたに命を授けるだけ。

つまり、サービス期間中はずっと、このままの状態で生き続けられるんですす。すごいでしょう】

「このままの状態って、宇宙を飛び続けている状態か?」

守護霊はだまって何度もうなずいた。ありがたいのか、迷惑なのかさっぱりわからない。けれどそれからしばらくの間、守護霊はずっとそばにいて、ぼくはずっと生き続けていた。

「なあ、ぼくはいったい、いつまでこうやって飛び続けるんだ?」

【そうですね。20億年とか50億年とか飛んでいる間に、運がよければ、ほかの知的生命体にめぐり逢って助けられる、という可能性も1パーセントぐらいはありますかね。……あっ、そろそろサービス期間が終了し

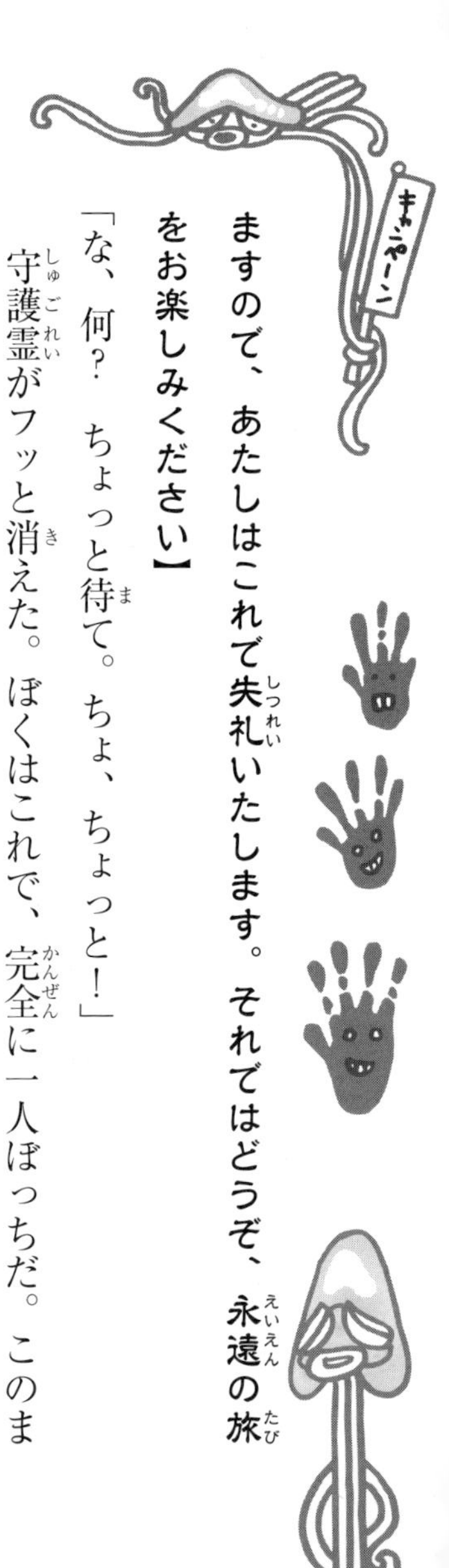

ますので、あたしはこれで失礼いたします。それではどうぞ、永遠の旅をお楽しみください】

「な、何？　ちょっと待て。ちょ、ちょっと！」

守護霊がフッと消えた。ぼくはこれで、完全に一人ぼっちだ。このまま何十億年も飛び続ける？　冗談じゃない。それこそ地獄だ。何が「サービス期間」だ。バカ野郎！

守護霊の言った通り、ぼくはその後、ずっと生きたまま飛び続けた。いったいどれぐらい、飛んでいるんだろう。5年？　10年？

そんなある日、ぼくの目の前に、タコのような不気味なモノが現れた。

【こんちゃーっす。火星エリア担当の守護霊でやんす。今、「サービス

期間」でして、火星以外の生命体でも守っちゃうというキャンペーンなんでおます。何か、ご希望はございまっか？】

「もう、何でもいいから、ぼくをステーションか地球に帰してくれよ！」

【あ、そういうサービスは、冥王星の守護霊が担当しとりまっさ】

「そこへは、いつ行けるんだよ」

【ええと、このペースでは２６０年後。さらに冥王星エリアのサービス期間は、２万年後になっちょりますわ。先の楽しみが、ぎょうさんおますな】

ちくしょう。もう「サービス期間」なんて、いらないよ～！

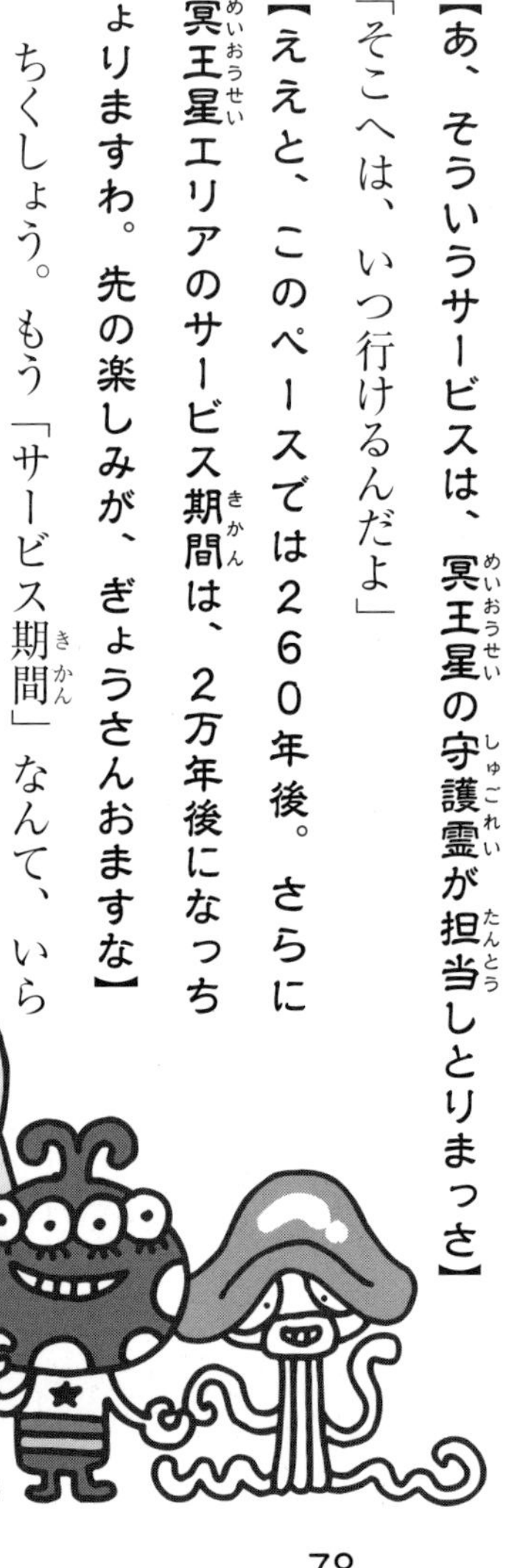

◆心霊スポット　その8【地下鉄】

片道切符の地底行き

わたしは急ぎ足で、駅へ向かった。

「急がなくちゃ、遅れちゃう」

病気で入院した真美のお見舞いに行くところなの。ほかの友だちとは時間が合わず、直接、病院に行くことになってしまった。

「ギリギリだわ。やっぱり今日は、ピアノのレッスンを休めばよかったかなあ」

その時、フッと真美の言葉が頭をよぎった。

《遅れそうだったら、地下鉄宇知田線に乗って、「深井駅」で降りればいいわ》

わたし、そんな路線があることも知らなかった。

よしっ、その「宇知田線」とやらを使ってみよう。

乗車駅は、たしか工場跡地の裏にある「古和井駅」だと聞いた。その駅も初めて聞く名前だった。小走りに工場跡地を曲がる。

「あった、『古和井駅』だ。ふーん、こんな駅、本当にあったんだ。地元に住んでいて知らなかったなんて、なんか情けないな」

そんなことをつぶやきながら、地下鉄の階段をかけ降りた。

【ご乗車の方はお急ぎください】

発車のブザーが鳴る。ドアが閉まり始めた。

「待って！」

どうにか、すべりこみセーフ。

「ふう、よかった。どうにか間に合ったわ。……あ、うっかり行き先を確認しないで乗っちゃった。逆方向に乗っちゃったら大変だ。だいじょうぶかしら」

ドアの上にはりつけてある路線図を見る。だけど、とっても小さな字で書いてあって、このごろ近視気味のわたしには、ちょっと読めない。だれかに聞い

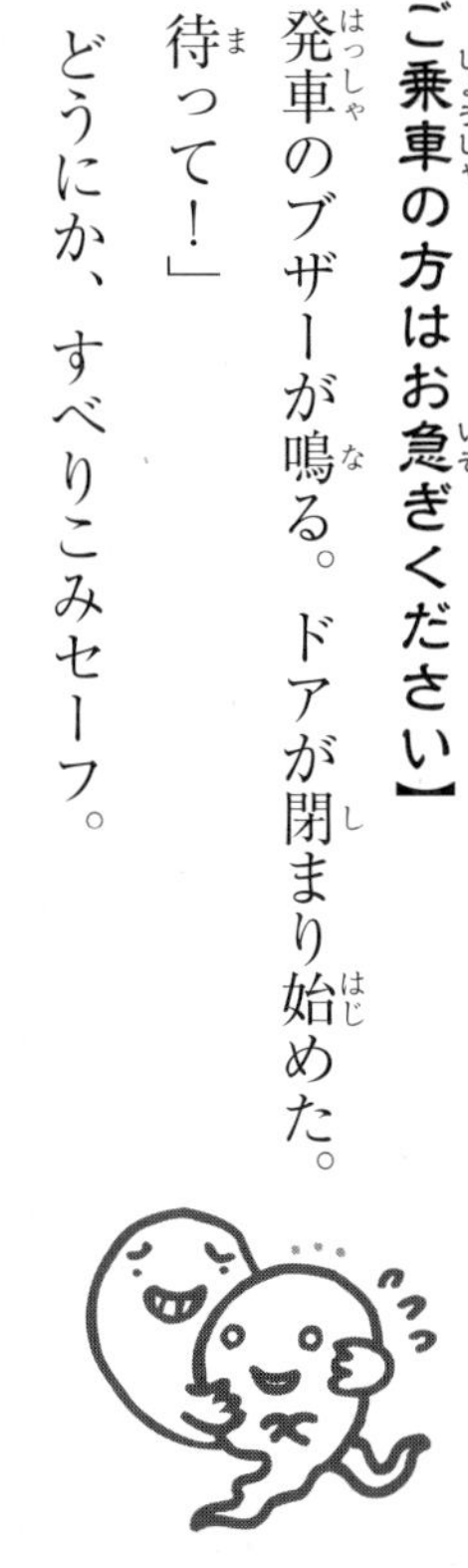

てみようかと、車内をぐるりと見回す。この車両には、たったの六人しか乗っていない。それもみんな、ぐっすり眠っているみたいで、とても声なんかかけられる状態じゃない。

「どうか、この電車で合っていますように」

わたしは、そんなお祈りをして、シートに座った。地下鉄だから当たり前だけど、窓の外はまっ暗な世界。それにしても、ひと駅がとても長い。もう10分も乗っているのに、まだ着かない。15分、20分……。まだとなりの駅に着かない。いくら何でも長すぎる。それともこの電車は快速か何かで、通りすぎている駅を見逃しているのかしら。いいえ、そんなはずはない。だってわたし、ずっと窓の外を見つめているんだもの。

ダメよ〜
ダメよ〜
ダメダメ
のっちゃ
ダメよ〜
……

その時、やっと車内アナウンスが流れた。

【次は、巨大キノコの森。巨大キノコの森。お降りの方は……】

何それ。そんな駅名、聞いたこともない。それでもここで降りる人が二人いる。今までぐっすり眠っていたと思ったのに……。

【巨大キノコの森、巨大キノコの森でございます。お足もとにご注意ください】

「なんてうす暗い駅なの。改札の向こうにあるの、あれって何？」

なだらかなカーブを描いた傘みたいなものが……。

「えっ、あれってキノコ……」

そう。幅が3メートルぐらいありそうなキノコがびっしり。

「ここって、遊園地みたいな施設があるのね。きっとそうよ」

　そしてドアが閉まり、再び電車が走り出す。そして次の駅まで30分。

【次は、オオトカゲの岩場。オオトカゲの岩場。お降りの方は……】

　またおかしな駅名が告げられた。ここもまた、うす暗い駅。節電にしても暗すぎる。そして駅のプラットホームには、10メートルほどもあるオオトカゲが、何匹もゆったりと歩いていた。時々チョロッと出し入れする舌がまっ赤だった。この駅では三人降りた。この人たちも、眠っていたはずなのに。

「ここには動物園か、熱帯植物園でもあるの？　いや、あんなに大きなトカゲがいるわけない。映画の撮影所かもしれないわ」

わたしの胸が、ドキドキと音を立て始めた。何かがおかしい。ぜったいにヘンだ。そう思っているうちにドアが閉まった。車内には、わたしともう一人だけ。

次の駅までは、40分近くかかった。

【次は、地底の海。地底の海。お降りの方は……】

地底? 海? 何よそれ。わたしの降りる深井駅には、いったいいつになったら着くのよ!

すると、残る一人が立ち上がって、低い声でわたしに言った。

【おじょうちゃん、終点まで行くのかい? 若いのに、勇気があるねえ。クックックッ】

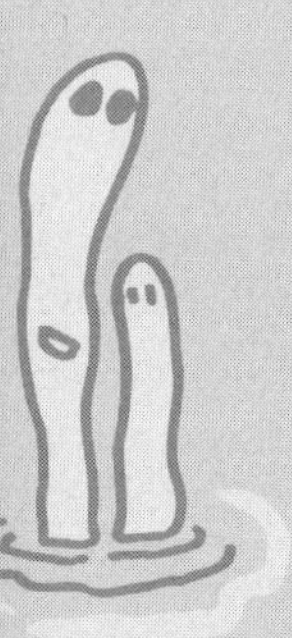

それって、どういうこと？　もう、何が何だかわからない。

すると、窓の外からパーッと明るい光が飛びこんできた。

「地上に出たんだわ」

明るくなったことで、何だかホッとしたわたしは、窓にしがみついて外の景色を見た。

「海……。どうしてこんなところに海があるのよ。わたしは、東京から乗ったのよ」

どこまでも続く浜辺。まっ青な海。白い波。たしかに何度も見ている海だ。たった一つ違っているのは、砂浜を見たこともない生き物がもそもそとはい回っていること。

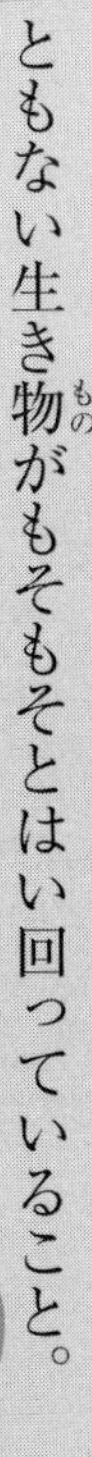

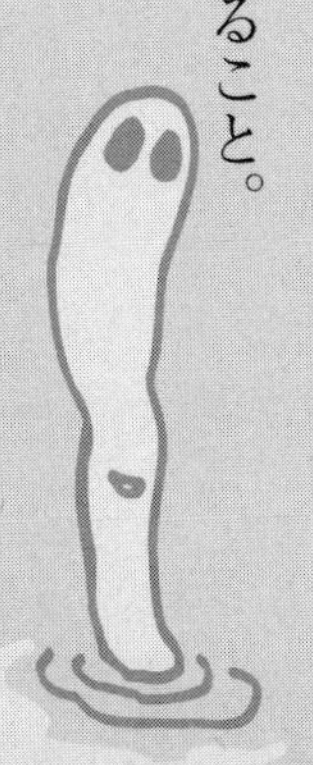

気がつくとドアは閉まり、電車は再びまっ暗な世界へと走り出した。
もう車内には、わたし一人しかいない。30分、1時間……。まだ止まらない。ようやくアナウンスがあったのは、2時間近くたってからのことだった。

【次は終点、地獄の釜の底。地獄の釜の底でございます。どなた様もお忘れ物のございませんよう……】

ここで初めて車掌さんが、車内の見回りを始める。わたしは車掌さんの前に立った。

「あの……、わたし、深井駅へ行くんです。この電車、行かないんですか？」

【さあ、そんな駅は聞いたこともありませんね。まるで、人間界の駅の

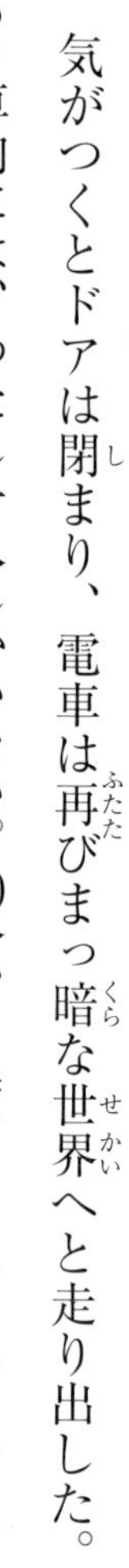

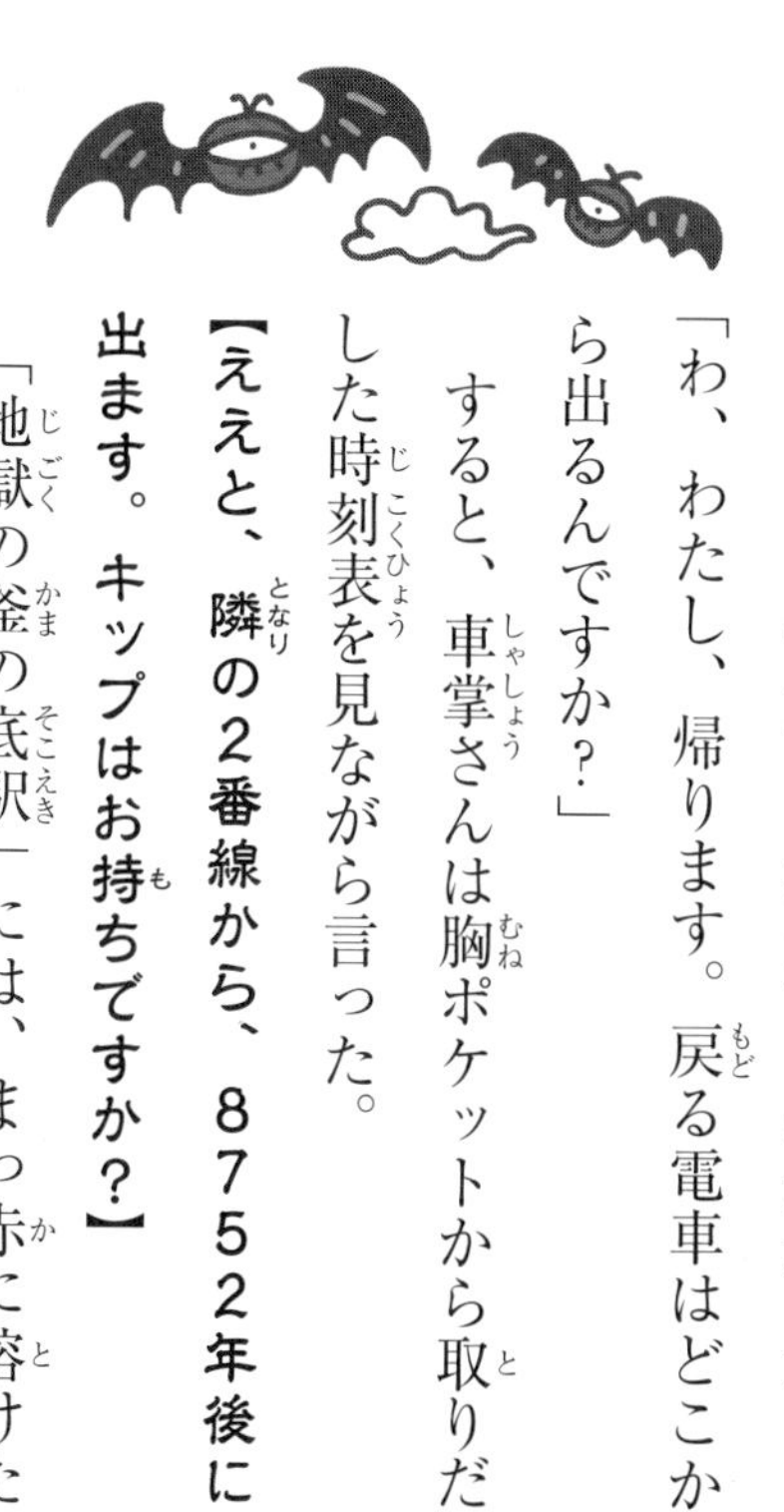

ような名前だ】

わたしの背筋に、冷たいものが走った。

「わ、わたし、帰ります。戻る電車はどこから出るんですか?」

すると、車掌さんは胸ポケットから取りだした時刻表を見ながら言った。

【ええと、隣の2番線から、8752年後に出ます。キップはお持ちですか?】

「地獄の釜の底駅」には、まっ赤に溶けたマグマがどろどろとうずまいていた。

◆心霊スポット　その9　【太平洋の海底】

深海生物の怪

まさかわたしが隊員に選ばれるなんて、思ってもみなかった。「深海探査計画・プロジェクトα」。これが、わたしの参加する秘密計画。世界の各国に先がけて実施される、シークレットプロジェクトなの。

「ようし、探査艇を降ろせ」

深海探査艇「しんかい82」に、わたしともう二人のクルーが乗りこ

む。日本の太平洋側に、細く長い海溝つまり「海底にある深い裂け目」がある。これを「日本海溝」と呼ぶ。その深さは深いところで8020メートルもあり、その場所までもぐれる探査艇は、あまりない。

しんかい82（以後「82」と表記）は、深さ8200メートルまでもぐれる、優秀な探査艇だ。じつはこの海溝に、「レア・アース」と呼ばれる貴重な資源が存在する可能性が高まり、その調査に出発するのだ。この計

画が事前にもれてしまうと、例によってC国お得意の「横取り活動」が始まるに違いない。そこで極秘に探査をすることになった。

82がゆっくりと潜行を開始する。次第に太陽の光が届かなくなり、82の周りも深海の闇に閉ざされていった。

「深度4000、4500……」

海底に到達するまで、およそ3時間かかる。82の活動限界時間は9時間なので、実質的に活動できるのは3時間ほどしかない。

「8000を越えました。間もなく海底です」

パイロットの川口さんが報告をする。そして82は静かに海底に着地した。と、その時だ。82の船体がグラッと大きく斜めに傾いた。

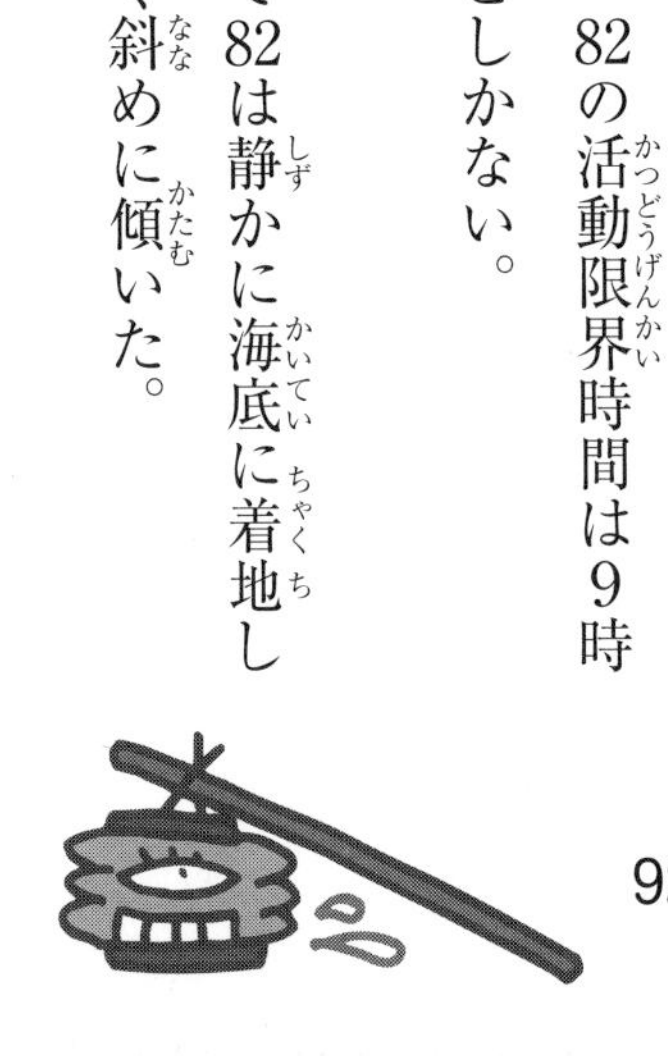

「何だ！　何が起こったんだ⁉　ユリカ、レーダーを見ろ！」

リーダーの山本さんが叫ぶ。わたしがレーダーを見て答えた。

「着地地点のすぐ横に、さらに深い溝があります。82はその溝に落ちていきます」

「何だって？　日本海溝は８０２０メートルが最深部のはずだ。そんなはずはない」

そうは言っても、実際に82はどんどん落下していく。リーダーがつぶやく。

「未知の海溝だ。日本海溝は、８０２０が最深部じゃない！」

川口さんが、汗びっしょりの顔で告げた。

「82は、深度８２００メートルまでが限界です。それより深く落ちたら水圧で圧壊します。ただ今の深度、８１２０！」

「バラスト落とせ！　ただちに浮上！」

「だめです。バラスト、落ちません。スクリューも回りません！」

まったく何も作動しなくなった。こうなると最新鋭の82も、ただの「鉄のかんおけ」だ。ああ、わたしはこんな深い海の底で死んでいくのか。

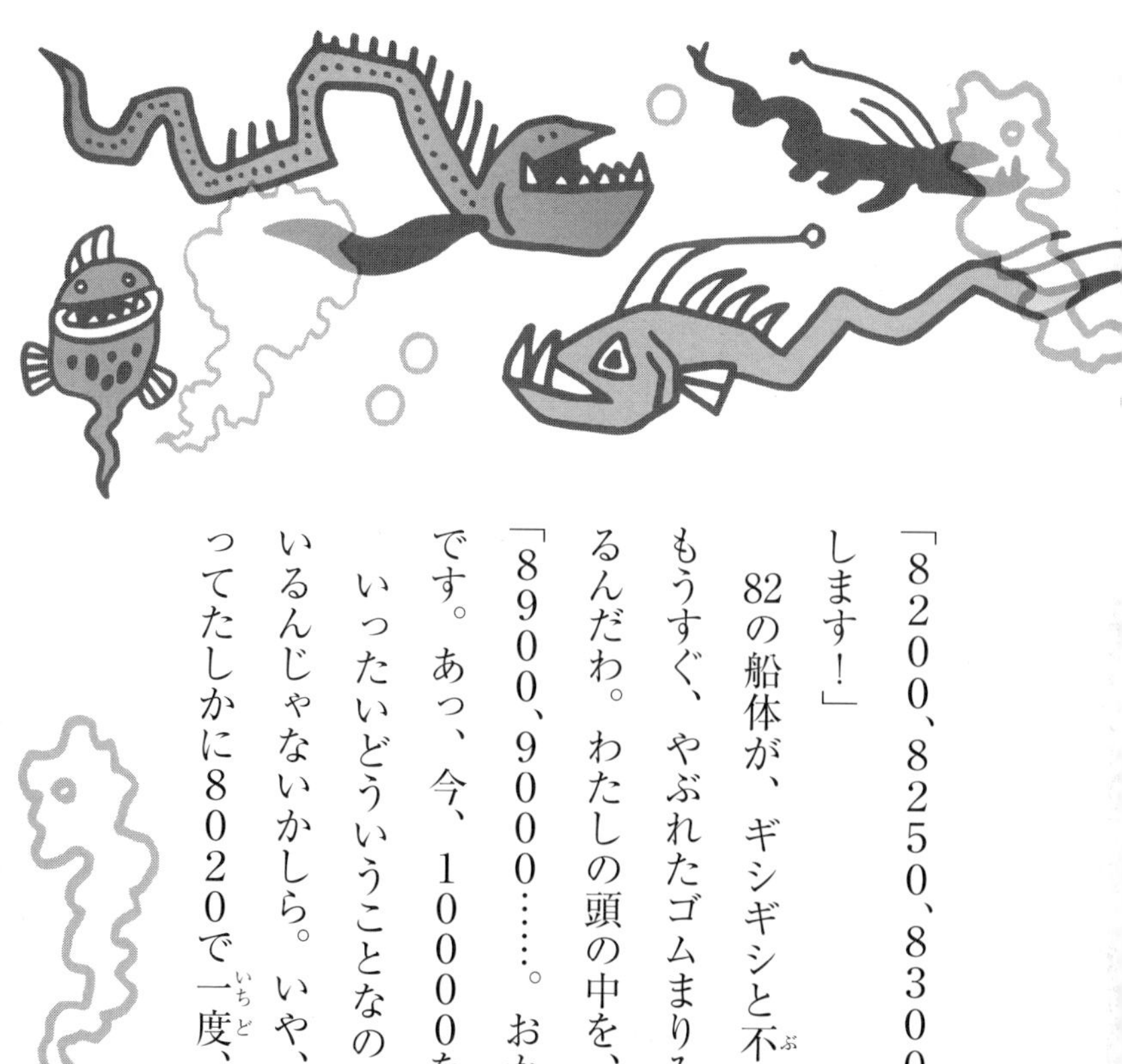

「8200、8250、8300……。だめです。圧壊(あっかい)します！」

82の船体が、ギシギシと不気味(ぶきみ)な音を立て始(はじ)めた。もうすぐ、やぶれたゴムまりみたいにペチャンコになるんだわ。わたしの頭の中を、家族(かぞく)の顔がよぎった。

「8900、9000……。おかしいな、82はまだ無事(ぶじ)です。あっ、今、10000を越(こ)えました」

いったいどういうことなの？　深度計(しんどけい)がこわれているんじゃないかしら。いや、そんなはずはない。だってたしかに8020で一度(いちど)、海底(かいてい)に着(つ)いたんだもの。

82は、なおも沈み続ける。

「11000！　チャレンジャー海淵を越えました。信じられません！」

「チャレンジャー海淵」というのは、世界で最も深い「マリアナ海溝」のさらに深い裂け目のこと。なのにわたしたちは今、そこよりも深い海の底へ落ちている。そしてもっと不思議なのは、とっくに強度の限界を越えた82が無事でいること。

「リーダー、これはどういうことでしょうか」

「わからん。まったく何もわからん。不思議としか言いようがない」

82の白いライトが、不気味な海中を照らし出す。その時、わたしは信じられないものを見た。

「見て！　魚よ。こんな深海に生き物がいるわ」

ここの水圧といったら、たいへんなものだ。本来なら、チタンという特殊合金でつくられたこの82でさえ、ぺちゃんこになっている圧力だもの。そんなところに、どうして生き物が生存できるわけ？

わたしたち三人は顔を寄せ合って、小さな窓から外の世界を見つめていた。ただ今の深度、１５０８０……。

「えっ！」

次の瞬間、わたしの顔は強力なゴムで引っ張られたように引きつった。

「あ、あの魚、人間の顔をしています。あっ、こっちの魚も……」

「人面魚だ。どうしてこんな深海に人面魚がいるんだ」

ところが驚くのはまだ早かった。その人面魚の中に、見覚えのある顔があったからだ。

「みっちゃん！　えっ、こっちはおじいちゃん！」

すると、川口さんも山本さんも、自分の知っている人の顔を発見した。

そしてその顔には共通点があった。

「みんな、死んだ人の顔ばかり……」

そう。みっちゃんは、小学校3年生の時に事故で亡くなった。おじいちゃんは、2年前に病気で亡くなった。

「人は死ぬと、人面魚になって、深い海の底でくらすんだ……」

わたしがそうつぶやいたその時、山本さんが1匹の人面魚を指さした。

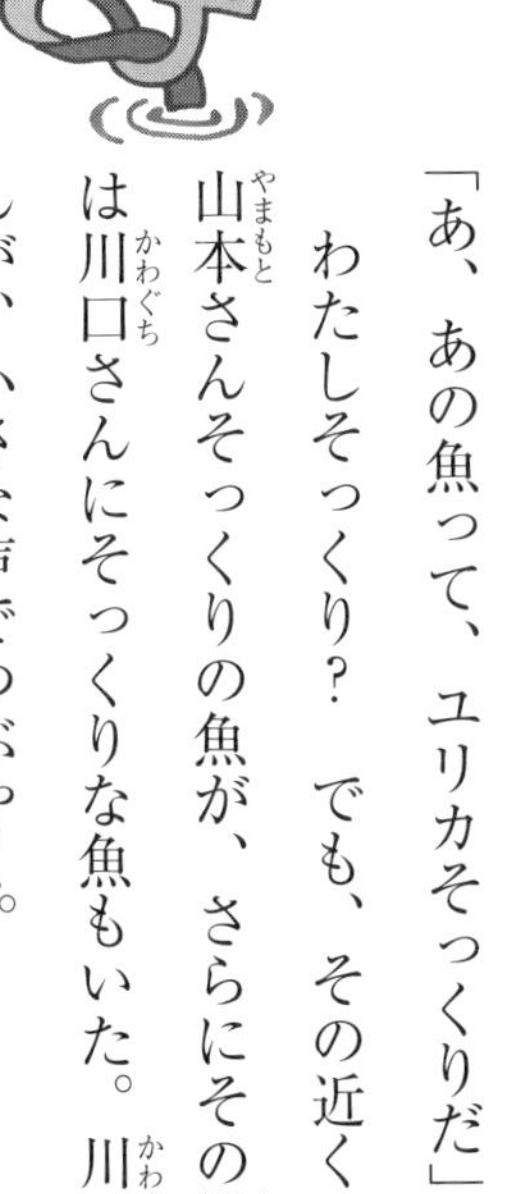

「あ、あの魚って、ユリカそっくりだ」

わたしそっくり？　でも、その近くには山本さんそっくりの魚が、さらにその横には川口さんにそっくりな魚もいた。川口さんが、小さな声でつぶやく。

「ということは、おれたち三人は……」

次の瞬間、82の船体がギギギッと不気味な音を立て、ぶ厚いアクリル製の窓に、いくつものスジが入る。そしてグシャッという音だけが、暗い海底に悲しくひびいた。

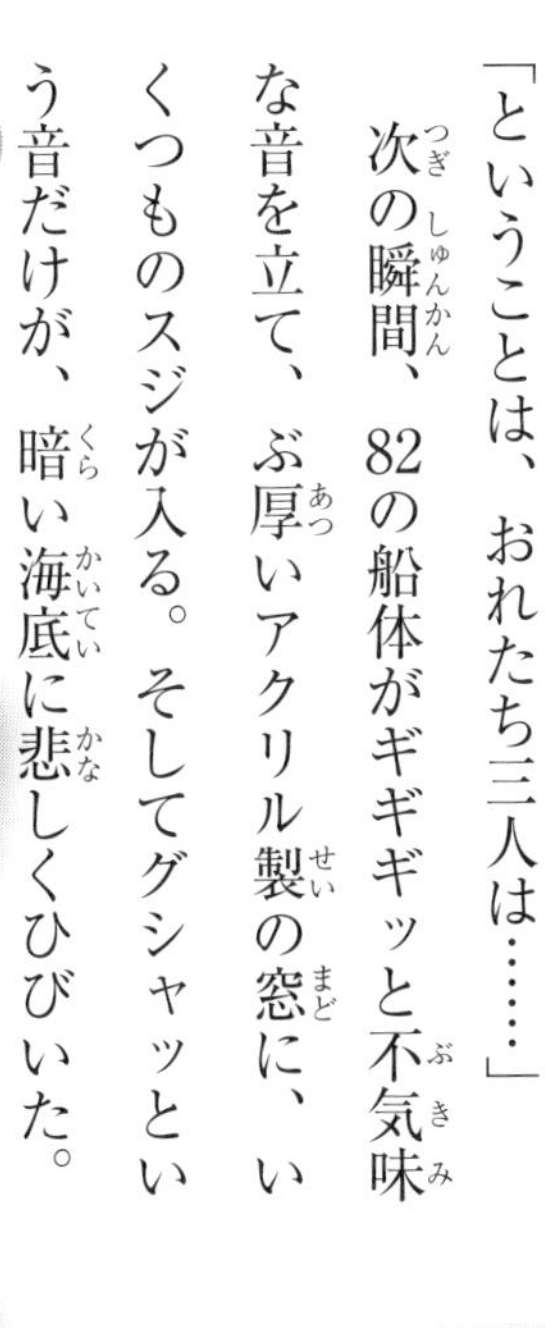

◆心霊スポット　その10　【近所の細道】

白い垣根の家

おじいちゃんったら、まったく話が長いんだから。

わたしのおじいちゃんは、近所におばあちゃんと二人で住んでいる。だから時々、届け物をするの。今日は、おかあさんがギョーザをたくさんつくったから、おすそ分けに行った。だけど、おじいちゃんの話が長くて、帰りがすっかり遅くなっちゃった。

夕暮れの道をわたしは家に向かって歩いていた。わたしの20メートル

ほど前を、一人の女の人が歩いている。青い水玉もようのワンピースを着て。こんな時は、知らない人でも、いてくれると何だか心強いのよね。

　と、その女の人が、とつぜん右に曲がった。

「あんなところに、道があったかしら」

　わたしがその地点まで行くと、そこには道ではないけれど、家と家の間の細い通路があった。そして女の人は、右側の白い垣根の家に入っていった。

「へぇー、ここって通っていいのかぁ。へへっ、わたしも通ってみようっと」

好奇心でそこを通ってみた。人一人がやっと通れるぐらいの細い通路だ。あっという間に、裏手に出る。と、ここでわたしはきょとんとなった。

「何ここ。わたしの家の前じゃない！」

そうなの。何と、わが家のまん前に出たんだ。

「うっそ〜っ、どうして今まで気がつかなかったのかなあ。こんないい通路があったなんて、すごく助かるわあ」

それ以来、おじいちゃんの家からの帰りが遅くなった時は、ここを通ることにした。こんな道が見つかるなんて、超ラッキーだわ。

その日は珍しく、おかあさんと一緒におじいちゃんの家に行った。そ

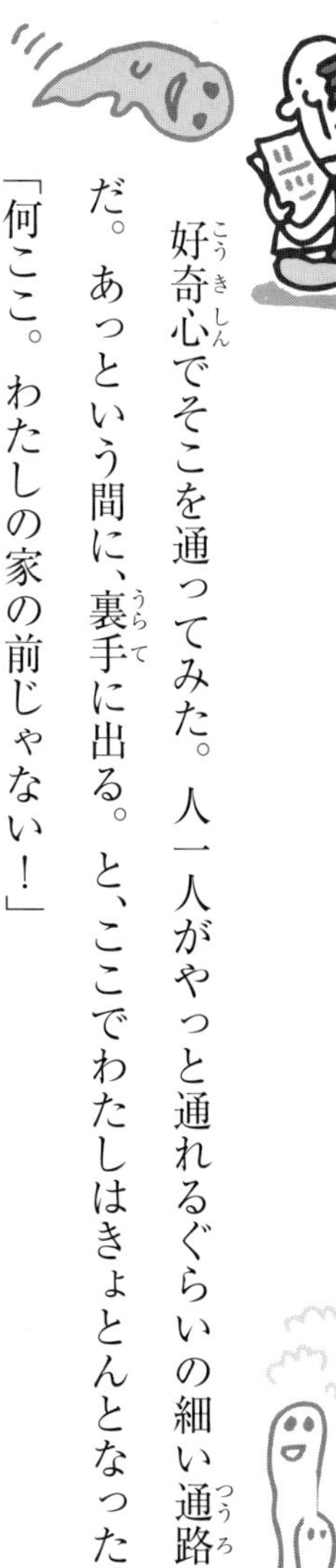

の帰り道のことだ。

「ねえねえ、おかあさん。ここからうちまで、超近道があるの知ってる？」

「知らないわよ。そんな道、どこにもないでしょ？」

ふふっ、やっぱりおかあさんも知らないんだ。

「それがあるんだなあ。特別に教えてあげるね。こっち、こっち」

わたしはおかあさんの手を引いて、いつもの細道に案内した。

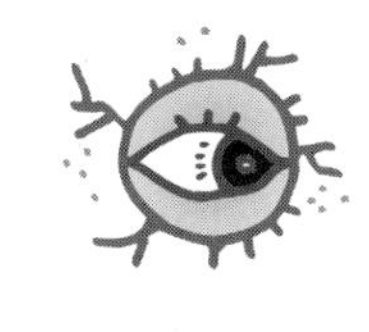

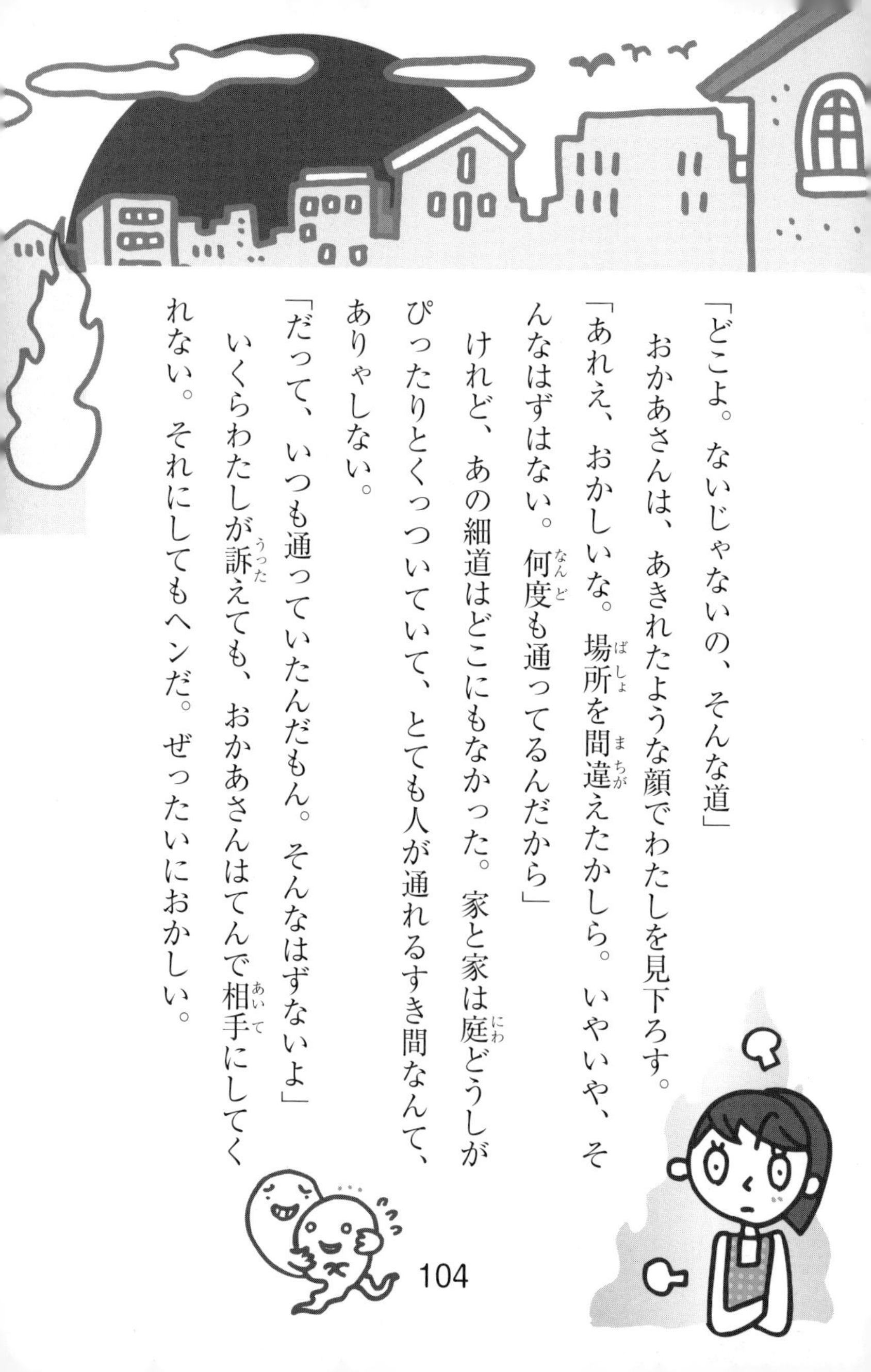

「どこよ。ないじゃないの、そんな道」

　おかあさんは、あきれたような顔でわたしを見下ろす。

「あれえ、おかしいな。場所を間違えたかしら。いやいや、そんなはずはない。何度も通ってるんだから」

　けれど、あの細道はどこにもなかった。家と家は庭どうしがぴったりとくっついていて、とても人が通れるすき間なんて、ありゃしない。

「だって、いつも通っていたんだもん。そんなはずないよ」

　いくらわたしが訴えても、おかあさんはてんで相手にしてくれない。それにしてもヘンだ。ぜったいにおかしい。

どうしてもなっとくできないわたしは、その日の夕方、そっと家をぬけ出した。

「絶対にあったんだから。はっきり確かめてやるわ」

おじいちゃんの家から帰るコースを、もう一度たどってみる。

「あ、あの女の人……」

わたしの少し前に、あの女の人がいた。青い水玉のワンピースを着たあの人が。わたしはそっと、その後をつけた。そしてい

つもの場所に来る。

「ほら、あった。ちゃんとあるじゃない、いつもの細道」

おかあさんと来た時は、きっと通りを1本間違えてたんだ。そうよ、うっかりってだれにでもあるもんね。

女の人は、以前と同じようにその細道に入り、それから白い垣根の家に入っていった。わたしが少しの間、その場に立ちつくしていると、白い垣根の家から女の人が出てきた。さっきの人とは別の人だ。でも、どこか似ている。

「あら、結衣ちゃん……、じゃないわね。ごめんなさい。何かうちにご用？」

ふいに声をかけられて、わたしは我に返った。

「あ、いいえ、別に。……あのう、今こちらに入っていった女の人ですけど」

わたしの言葉に、その人はちょっと不思議そうな顔をした。

「女の人？　いいえ、うちにはだれも来ませんよ。今はわたしだけしかいません」

「えっ、うそ。だって、青い水玉のワンピースを着た女の人が確かに……」

するとその人は、手にしたじょうろをカタンと落とした。

「あなたは、青い水玉のワンピースを着た女

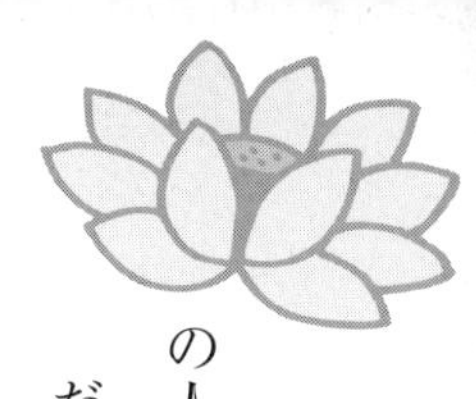

の人を見たのね。その人は、うちに入って来たのね」

　だまってうなずくわたし。その人は、じょうろを拾い上げて話を続けた。

「その女の人は、わたしの姉よ。２か月前に交通事故で亡くなったの」

　わたしは思わず1歩、後ずさりをした。

「その時に着ていたのが、青いワンピースなの。それからあなた、姉の娘の『結衣ちゃん』っていう子にそっくりだわ」

　わたしの胸は、ますます激しく波打った。

「わたしが……、似ているんですか、あの人の娘さんに」

「そう、うり二つよ。だから姉は、あなたにだけは自分の暮らした家を知らせたかったのかもしれないわね。細道？　ううん、そんなものは始

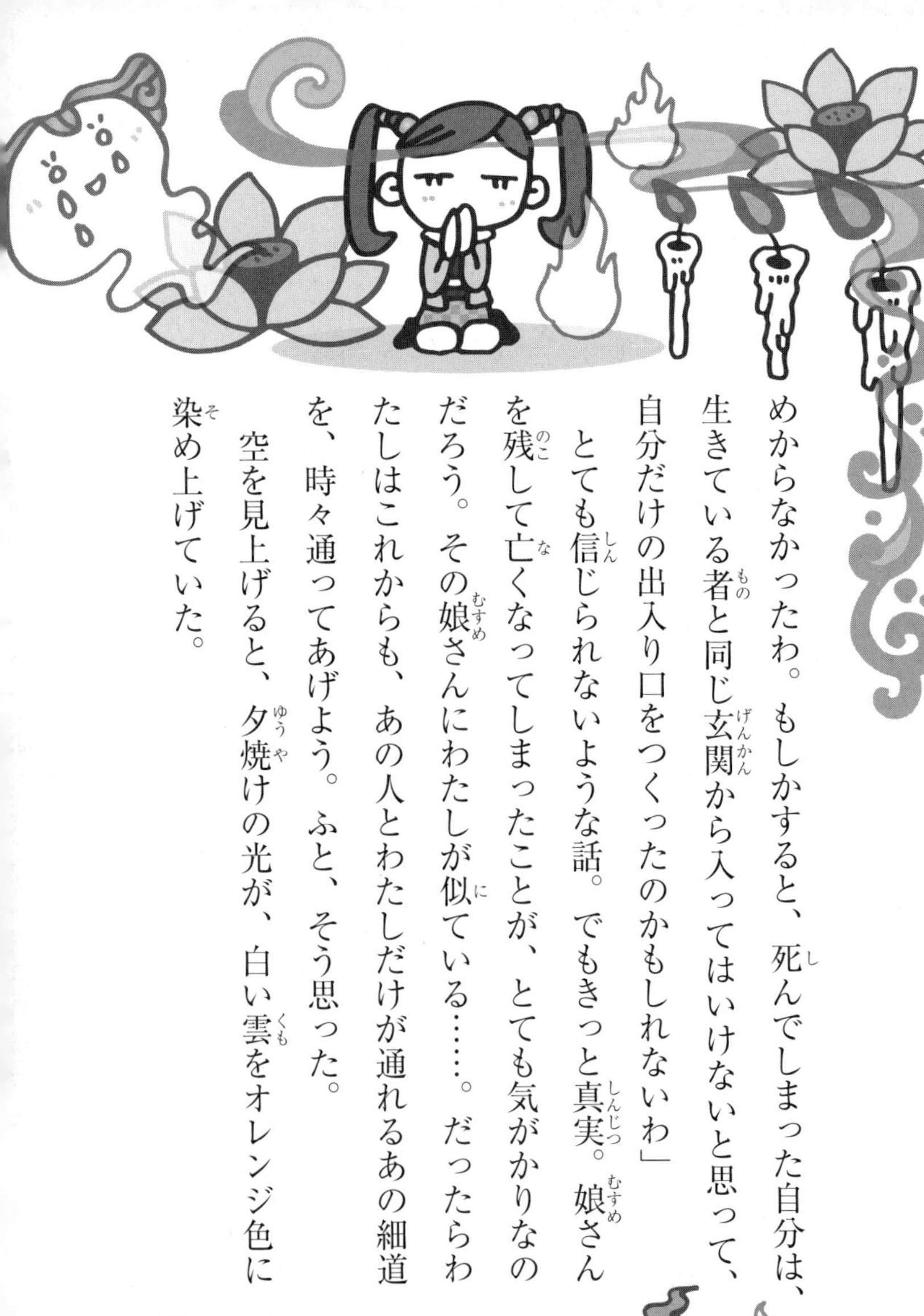

めからなかったわ。もしかすると、死んでしまった自分は、生きている者と同じ玄関から入ってはいけないと思って、自分だけの出入り口をつくったのかもしれないわ」
とても信じられないような話。でもきっと真実。娘さんを残して亡くなってしまったことが、とても気がかりなのだろう。その娘さんにわたしが似ている……。だったらわたしはこれからも、あの人とわたしだけが通れるあの細道を、時々通ってあげよう。ふと、そう思った。
空を見上げると、夕焼けの光が、白い雲をオレンジ色に染め上げていた。

どうかな、きみには聞こえたかい、「W」の不気味な笑い声が。
えっ、聞こえなかった？　そうかい、それじゃきっと今夜あたり、
トイレに行った時に、天井のあたりから聞こえるのかもしれないよ。
ヒッヒッヒ。
もし聞こえたら、しっかり耳をふさがなくちゃいけない。
そうしないとね、耳の穴からきみの体の中に入りこんで、
ずーっと聞こえ続けるかもしれない、ずーっとね。
さて、次にきみと会うのは、どの巻の中なんだろう。
たとえどの巻を開いても、きっと聞こえるよ、魔物たちの笑い声がね。
ケッケッケ。

▲著者 山口　理（やまぐち　さとし）

東京都生まれ。教職の傍ら執筆活動を続け、のちに作家に専念。児童文学を中心に執筆するが、教員向けや一般向けの著書も多数。特に“ホラーもの”は、『呪いを招く一輪車』『すすり泣く黒髪』（岩崎書店）『あの世からのクリスマスプレゼント』『桜の下で霊が泣く』や、『5分間で読める・話せるこわ〜い話』『死者のさまようトンネル』（いかだ社）など、200編を超える作品を発表している。

▲絵 伊東ぢゅん子（いとう　ぢゅんこ）

東京生まれ。浦安市在住。まちがいさがし、心理ゲームなどのイラスト・コラムマンガ等、子ども向けの本を数多く手がけ、「なぞなぞ&ゲーム王国」シリーズ、「大人にはないしょだよ」シリーズ（いずれもポプラ社）、JAグループ「ちゃぐりん」（家の光協会）のキャラクター・イラスト制作を担当。

編集▲内田直子
ブックデザイン▲渡辺美知子デザイン室

心霊スポットへようこそ　Wの笑う声

2015年2月14日　第1刷発行

著　者●山口 理©
発行人●新沼光太郎
発行所●株式会社いかだ社
〒102-0072 東京都千代田区飯田橋 2-4-10 加島ビル
Tel. 03-3234-5365　Fax. 03-3234-5308
振替・00130-2-572993
E-mail ▶ info@ikadasha.jp
ホームページ URL ▶ http://www.ikadasha.jp
印刷・製本　株式会社ミツワ

乱丁・落丁の場合はお取り換えいたします。

ISBN978-4-87051-434-8